Arne Ulbricht

Papa, hör auf!

Roman

IMPRESSUM

Bibliografische Information der Deutschen Nationalbibliothek: Die Deutsche Nationalbibliothek verzeichnet diese Publikation in der Deutschen Nationalbibliografie; detaillierte bibliografische Daten sind im Internet über dnb.dnb.de abrufbar.

www.arne-ulbricht.de
Cover: Patricia Hess
Herstellung und Verlag: BoD – Books on Demand, Norderstedt
ISBN: 9783734753039

Die Geschichte ist frei erfunden. Aber natürlich hat mich meine Zeit als Lehrer an einer Wuppertaler Gesamtschule inspiriert. Deshalb widme ich diesen Roman …

… dem Kollegium der Pina-Bausch-Gesamtschule und vor allem der Klasse, die ich im Jahr 2018 als

5.2.a

übernommen habe.

Dank an – in alphabetischer Reihenfolge – Marina, Nicole, Uschi und Vera, die *Papa, hör auf!* in verschiedenen Phasen des Entstehungsprozesses gelesen und mich auf kleine und manchmal auch grobe Fehler mit der nötigen Strenge und zugleich liebevoller Sanftheit hingewiesen haben. Und an Patricia fürs wunderschöne Cover!

Prolog

Der Unfall

Taekwondo-Prüfung!!! Ich war so aufgeregt wie noch nie zuvor! Neben den zehn Prüflingen waren gleich zwei Trainer – einer davon war mein Vater – und eine Trainerin in der Halle und von jedem Kind ein ganzer Fanclub.

Mein Fanclub war nicht besonders groß: Er bestand nur aus meiner großen Schwester Lena, die einen Platz neben sich für Mama freihielt. Hoffentlich schaffte sie es noch rechtzeitig. Das war alles andere als selbstverständlich, denn sie kam immer spät von der Arbeit.

Wir waren mit dem Bus zur Turnhalle gefahren, weil Lena nicht so gern Fahrrad fuhr wie Papa und ich. Und das Auto hatten wir nicht nehmen können, weil Mama es genommen hatte, um nach ihrer letzten Konferenz schneller bei der Turnhalle sein zu können. So würden wir alle gemeinsam nach der Prüfung zurückfahren. Darauf freute ich mich, weil wir eigentlich nur zu viert im Auto saßen, wenn wir in den Urlaub fuhren.

Ich schaute Lena an, und Lena zeigte auf ihr Handy und streckte dann den Daumen in die Höhe. Ich nickte und lächelte. Natürlich wusste ich, was sie mir sagen wollte: Dass Mama auf dem Weg war!

Eigentlich war Lena eine tolle große Schwester. Wenn allerdings ihre bekloppten Freundinnen da waren, mit denen sie meistens ganze Lego-Friends-Landschaften in ihrem Zimmer aufbaute, war sie ziemlich doof. Dann fauchte sie mich schon an, wenn ich es wagte, die Tür zu ihrem Zimmer zu öffnen. Inzwischen war sie elf, und noch immer sammelte sie wie eine Verrückte Lego-Friends. (Ich selbst war eher Star-Wars-Lego-Fan. Und zu meinem achten Geburtstag hatten mir meine Eltern endlich das coolste Raumschiff geschenkt: Han Solos *Falken*!)

Kurz vor Beginn der Prüfung öffnete sich die Hallentür. Mama! Sie schaute sich um, sah Lena, und kaum hatte auch Mama sich gesetzt, winkte sie mir zu. Sie war meistens ziemlich müde nach der Arbeit, aber heute wirkte sie so wach, wie Papa immer war. Aber er arbeitete ja auch nicht wie Mama von morgens bis abends in einer Firma, sondern als Taekwondo-Trainer, und das war wahrscheinlich entspannter. Früher war er ein erfolgreicher Kämpfer und dreimal deutscher Meister gewesen. Im Schwergewicht übrigens. Aber er musste nicht im Schwergewicht kämpfen, weil er so dick, sondern weil er so riesig war. Neben

Taekwondo waren es vor allem Bücher, für die er sich begeistern konnte. Irgendwann hatte er dann selbst ein Buch geschrieben. Ein Kinderbuch, und vorn im Kinderbuch stand drin:

Für Lena und Max!

Lena fand das Buch „peinlich", weil Papa darin eigentlich nur von unserer Familie erzählte. Also von einem Papa, der Taekwondo-Trainer war, und einer Mama, die viel arbeitete. Aber immer, wenn Lena von „Papas peinlichem Buch" erzählte, mussten wir lachen, und Lena lachte auch.

„Stellt euch auf!", rief mein Vater, während ich in meine Gedanken vertieft war.

Wir stellten uns in eine Reihe und verbeugten uns nicht nur vor ihm, sondern auch vor unserem Cheftrainer Martin, der Papas erster Trainer gewesen war, und vor Zeynep, die beide hinter einem Tisch saßen. Zeynep half Papa manchmal beim Kindertraining, und wir alle liebten sie. Sie war kaum größer als wir und hatte ihr langes schwarzes Haar meistens zu einem Zopf geflochten. Hätte ich im Kunstunterricht das Gegenteil von Zeynep malen sollen, dann hätte ich Papa gemalt, weil er so groß war, oder Martin, weil er gar keine Haare mehr hatte.

Nachdem wir uns verbeugt hatten, lachte Papa sein Papa-Lachen, das man auch aus hundert Metern Entfernung hörte, wie Mama oft sagte.

„Und, seid ihr alle aufgeregt?", fragte er mit seiner dröhnenden Trainer-Stimme und sagte, ohne eine Antwort abzuwarten: „Mit dem rechten Fuß einen Schritt nach vorn und gleichzeitig Fauststoß zum Bauch."

Und was machte ich? Ich setzte den *linken* Fuß nach vorn! Und das bei der ersten Übung. Papa sah das natürlich sofort und rief:

„Welches ist dein rechter Fuß?"

Er sah nicht böse aus, aber dennoch hätte ich heulen können. Anschließend konzentrierte ich mich und zeigte bei den Fußtechniken, dass ich jemanden, der genauso groß war wie ich, am Kopf treffen könnte. Und auch sonst lief alles rund. Aber das änderte nichts daran, dass ich gleich zu Beginn einen so idiotischen Fehler gemacht hatte.

Während die Trainer nach der Prüfung über uns sprachen, saß ich zwischen Lena und Mama.

„Ich glaube, ich bin durchgefallen", sagte ich.

„So ein Quatsch", sagte Mama und tätschelte mir den Kopf.

Sie fragte uns wie jeden Abend, wie es in der Schule gewesen war, und nacheinander erzählten wir. Dann wurden wir wieder aufgerufen.

„Das war toll! Ihr habt alle gezeigt, dass ihr fleißig wart!", sagte Martin und rief einen nach dem anderen auf.

Zeynep überreichte die Urkunde und Papa den neuen Gürtel – nach weiß kam weiß-gelb. Ich wurde als Letzter aufgerufen, und auch ich hatte bestanden! Nachdem ich den Gürtel und die Urkunde entgegengenommen hatte, ging ich mit Papa zu Mama und Lena. Papa beugte sich herunter, um Mama einen Kuss zu geben. Das sah immer lustig aus, weil Mama fast einen halben Meter kleiner als Papa war. Dann machte Zeynep mit Papas Handy ein Foto von uns.

Im Restaurant, das sich oberhalb der Halle befand, feierten wir meine Prüfung. Wir aßen – ich Currywurst mit Pommes – und redeten und lachten und freuten uns auf den Urlaub auf Föhr, wo wir jeden Sommer hinfuhren, und so verging die Zeit. Als wir das Restaurant verließen, begann es bereits zu dämmern, aber das störte uns nicht. Und auch die dunkle Wolkenfront, die sich in unsere Richtung schob, änderte nichts daran, dass wir vier so aufgedreht waren, als hätte nicht nur ich, sondern als hätten alle eine Prüfung bestanden.

„Kannst du nicht fahren? Wir Männer erholen uns dann auf der Rückbank von der Prüfung."

„Super Idee", sagte Lena und stieg sofort vorn ein.

Über Mamas Gesicht huschte ein Lächeln, und sie murmelte etwas, was wie „na gut" klang.

„Boah … ist das gemütlich hier", sagte Papa, als auch wir uns hingesetzt hatten.

Kann gut sein, dass es das erste Mal war, dass Papa hinten saß. Und ja, er hatte wirklich viel Platz auf der Rückbank. (Vor allem, weil Mama so klein und unser Volvo-Kombi zwar sehr alt, aber sehr groß war.)

„Fahr doch über die Autobahn", schlug Papa vor, obwohl Mama nicht gern Autobahn fuhr und deshalb mit Sicherheit lieber den Weg durch die Stadt genommen hätte.

Aber auch Mama wusste, warum er sie darum bat: wegen mir! Denn ich liebte es, auf der Autobahn aus dem Fenster zu schauen und spannende Überholmanöver zu beobachten. Und Mama brauchte keine Angst zu haben. Denn wir würden ja nur wenige Minuten auf der Autobahn fahren, dann kam schon die Ausfahrt, in deren Nähe wir wohnten.

„Bitte!", sagte ich.

„Okay", sagte Mama und seufzte.

In dem Moment, in dem sie den Zündschlüssel drehte, landeten einzelne dicke Tropfen auf der Windschutzscheibe. Doch wenige Minuten später regnete es bereits in Strömen. Der Regen war derart dicht, dass man von den Autos nur noch das Licht der Scheinwerfer sehen konnte. Während Mama konzentriert nach vorn blickte und die Scheibenwischer gegen die Regenflut ankämpften, sagte Papa zu Lena:

„Bis jetzt war ja heute eher so ein Max-Tag. Aber dafür lesen wir nachher das Buch zu Ende, okay?"

Lena drehte sich zu ihm um.

„Aber das sind doch noch dreißig Seiten."

„Es ist aber der letzte Band, und wir wollen doch heute wissen, wie Harry Potter ausgeht, oder? Liest du dann Max vor?", fragte Papa Mama.

„Mist!", schrie sie, anstatt zu antworten.

Der LKW vor uns hatte gebremst, und als auch Mama bremste, schlitterten wir einfach weiter. Lena schrie ebenfalls und presste ihre Handflächen aufs Gesicht. Papa wiederum legte seine kräftigen Arme nicht etwa um seinen, sondern um meinen Kopf. Bevor ich begriff, wie gefährlich die Situation war, kamen wir zum Stehen. Neben uns begann die Ausfahrt, die uns nach Hause führte.

„Das war knapp …", sagte Mama, die atmete, als wäre sie nach einem Lauf gerade ins Ziel gekommen.

„Zum Glück bist du gefahren, ich hätte bestimmt nicht genug Abstand …"

In diesem Augenblick schrie Mama, die in den Rückspiegel schaute, erneut auf. Dieser Schrei war jedoch anders. Er klang wie der Schrei eines Menschen, der in die Tiefe stürzt und weiß, dass es keine Hoffnung mehr gibt. Im selben Moment hörte ich ein Geräusch, das ich so noch nie zuvor in meinem Leben gehört hatte. Eine Mischung aus einem Quietschen, einem Zischen und unseren Schreien.

Dann krachte es.

Und alles wurde schwarz.

***

Wer war schuld am Unfall? Diese Frage treibt mich in den Wahnsinn. Oder bin ich schon wahnsinnig?

Wann hat man eigentlich Schuld an etwas? Wie ist es zum Beispiel, wenn man einen Ball beim Fußball in ein Fenster schießt, obwohl man ganz woandershin gezielt hat? Hat man dann Schuld? Oder bloß Pech?

Umgekehrt ist die Sache natürlich einfacher: Wenn man den Ball absichtlich ins Fenster schießt, weil man die Nachbarn so bescheuert findet, dann hat man Schuld. Ja … bei Schuld geht es immer auch um Absicht, oder?

Wenn das so ist, dann waren Papa und ich nicht schuld, obwohl wir es waren, die Autobahn fahren wollten. (Papas Absicht war es ja bloß gewesen, mir eine Freude zu bereiten, und ich wollte die Fahrt einfach nur genießen.)

Aber egal, wie man es dreht und wendet, fest steht: Wenn Papa und ich nicht die Autobahn hätten nehmen wollen, wäre es nicht zum Unfall gekommen. Und dieser Gedanke macht mich fertig. Und Papa auch. Da kann die Psychotante noch so oft sagen, dass wir uns keine Vorwürfe machen dürfen.

Fünf Jahre und drei Monate später

1

Mein Handywecker klingelte wie jeden Schulmorgen um sieben Uhr. Ich sprang aus dem Bett, schaute in den mannshohen Spiegel, den Papa mir noch vor meiner ersten Prüfung zum Verfeinern meiner Technik ins Zimmer gestellt hatte, und machte einige Fauststöße. Dann las ich einem Morgenritual folgend Papas Sprüche, die ich mir irgendwann mit einem dicken Edding auf postergroßes Papier geschrieben und dann mit Tesafilm an die Wand geklebt hatte. Zu jedem Spruch machte ich eine Übung.

Wenn du dich ungerecht behandelt fühlst, dann sag das direkt!

Dreißig Situps.

Wenn jemand anderes ungerecht behandelt wird, dann schau nicht weg!

Dreißig Liegestütze.

Tu nie etwas, nur weil es *alle* anderen machen!

Dreißig Kniebeugen.

Jeder Mensch ist anders. Wenn man das akzeptiert, dann akzeptieren sich alle Menschen!

So viele Situps, bis es wehtut. (84)

Wenn du etwas wirklich willst, dann kämpfe dafür!

So viele Liegestütze wie möglich. (73)

Ein Schwarzgurt ist ein Weißgurt, der nie aufgehört hat.

So viele Kniebeugen, bis meine Oberschenkel zu zittern beginnen. (137)

Zwölf Minuten nach sieben. Ich legte mich wieder kurz ins Bett, um mich von meinem Morgen-Wachwerd-Programm zu erholen, und überflog die Nachrichten in der Klassengruppe.

„Mist, heute schreiben wir ja eine Mathearbeit, und das gleich in der ersten Stunde", sagte ich zu mir selbst und fragte mich wie so oft, wann genau ich begonnen hatte, Selbstgespräche zu führen.

Ich hatte keine Ahnung. Aber wahrscheinlich war es gewesen, als Papa aufgehört hatte, sich länger als fünf Minuten am Stück mit mir zu unterhalten. Ich ging in die Küche und deckte den Frühstückstisch für mich. Seit Papa vor zwei oder drei Jahren diesen Job als Nachtwächter angenommen hatte, immer erst gegen sechs Uhr morgens von der Arbeit kam und nur eine Scheibe Toast oder gar nichts aß, blieb er meistens bis zum Nachmittag im Bett. Ich war es längst gewohnt, allein zu frühstücken. Und ich fand es auch gar nicht so übel. Denn ich ließ meinen Toast immer fast schwarz werden und schmierte anschließend eine kleiner-Finger-dicke Schicht Butter und eine daumendicke Schicht Nutella auf die Scheibe, und sobald die Butter zu zerlaufen begann, rührte ich mit einem Teelöffel den entstandenen Butter-Nutella-Brei einmal schön durch. Erst dann aß ich, und jedes Mal dachte ich: Es gibt einfach nichts Leckereres!

Weil die Geschirrspülmaschine nicht funktionierte, spülte ich anschließend alles mit der Hand ab. Manchmal kam ich mir vor wie ein Hausmann: Ich wusste, wie man eine Waschmaschine bediente und Wäsche so aufhängte, dass sie auch trocknete. Ich putzte, wenn auch nicht oft. Und da Papa tagsüber schlief und ständig Kopfschmerzen hatte, wenn er aufwachte, hatte ich sogar das Einkaufen übernommen. Wahrscheinlich wirkte ich durch diesen ganzen Haushaltskram viel älter als ich war. (Eine Frau, der ich einen Getränkekasten zum Auto geschleppt hatte, hatte mich vor Kurzem jedenfalls auf fünfzehn geschätzt.)

Leider schaffte ich es deswegen – und natürlich auch wegen der Schule – nur einmal pro Woche zum Training, was schade war. Inzwischen hatte ich den roten Gurt, und das war schon ganz schön hoch. Denn nach rot kam nur noch rot-schwarz vor ganz schwarz. Und die Schwarzgurte waren dann auch noch mal unterteilt: Zeynep hatte zum Beispiel den zweiten, Martin den sechsten und Papa den vierten. Allerdings würde er den fünften wohl nicht mehr machen. Papa hatte nämlich mit Taekwondo aufgehört. Wegen der Kopfschmerzen. Und wegen des Schwindelgefühls, das ihn manchmal durch die Wohnung taumeln ließ und das er nicht etwa mit einem Medikament, sondern mit Pfefferminzbonbons bekämpfte, die er tagein tagaus lutschte.

„Wenn du weiter so viele Pfefferminzbonbons lutschst, dann verwandelst du dich bald selbst in einen Pfefferminzbonbon", hatte ich irgendwann zu ihm gesagt, und er hatte gelacht, und es war schön gewesen, sein Lachen zu hören.

Ich war dabei gewesen, als er Martin und Zeynep gesagt hatte, dass er nicht mehr trainieren könne. Er hatte seinen Abschied vom Taekwondo allerdings weder mit den Kopfschmerzen noch mit den wiederkehrenden Schwindelanfällen begründet, sondern damit, dass er immer Mama und Lena in der Halle *sehen* würde. Zeynep hatte daraufhin weinen müssen, und Martin hatte ihm auf die Schulter geklopft und gesagt:

„Du weißt, dass du immer willkommen bist bei uns. Und wann immer du Hilfe brauchst, meldest du dich!"

Dabei hatte er ihn seltsam angeschaut. So, als wäre er der Einzige, der mit Papa irgendein Geheimnis teilte. Aber das hatte ich mir mit Sicherheit nur eingebildet, denn niemand kannte Papa so gut wie ich, und das hieß auch: Niemand wusste so viel über Papa wie ich!

Nachdem ich abgespült hatte, las ich die letzten Nachrichten. Es ging um die Mathearbeit. Gleich sieben Fragen waren in der Gruppe gelandet. Auch Anessa, die Kleinste und, wie ich fand (was natürlich niemand wusste), die

Niedlichste in der Klasse, die immer so verträumt an die Decke guckte und gerade eine feste Spange bekommen hatte, hatte ein Problem mit Mathe.

Sie hatte mal erzählt, dass man bei ihrem Namen das V vergessen hatte. Aber ich fand den Namen auch ohne V schön. Adrian und Aala hatten wie immer eine Frage nach der anderen beantwortet, was lustig war, denn unterschiedlicher als Adrian und Aala hätte man nicht sein können. Adrian war dünn, fast schon dürr, sah mit seinen kurzen blonden Haaren und seiner Brille und seinem Hemd, das er immer trug, aus wie so ein Streber aus einer Fernsehserie. Er war der Einzige aus der Klasse, der jeden Tag mit einem dicken Auto zur Schule gefahren wurde. So ein richtig fettes Teil mit Allradantrieb. Eigentlich hatte ich immer gedacht, Kinder von reichen Eltern müssen irgendwie doof sein. Aber das stimmte nicht. Denn Adrian war echt in Ordnung und protzte nie mit seinem Reichtum rum. Selbst sein nagelneues Handy schien ihm eher peinlich zu sein. Allerdings war er manchmal schrecklich albern und benahm sich wie ein Elfjähriger. Dann machte er Pupsgeräusche oder zerschnitt ein Radiergummi und warf mit den Krümeln irgendwelche Mädchen ab. Ich mochte ihn trotz seiner Albernheiten, aber natürlich konnte ich mich mit ihm nicht anfreunden. Er lebte in einer ganz normalen Familie mit drei Geschwistern, und seine Großeltern lebten nebenan. Alle vier! Meine Familie war im Vergleich zu seiner eher nicht so normal. Erstens war ich seit dem Unfall mit Papa allein. Zweitens waren die Eltern meines Papas längst tot. Und Mamas Eltern … für die waren Papa und ich damals gleich mitgestorben.

Aala wiederum war wie ich, nur umgekehrt. Sie lebte allein mit ihrer Mutter, weil ihr Vater und ihr Bruder im Krieg in Syrien erschossen worden waren. Sie sah im Gegensatz zu Adrian nicht wie elf, sondern wie sechzehn aus und stand in der Pause immer mit älteren syrischen Schülern auf dem Hof rum. Sie sprach ziemlich gut Deutsch, musste aber manchmal überlegen, bevor sie etwas sagte. Vielleicht war unser Klassenlehrer Herr Saß ja wegen Aala auf die Idee gekommen, dass alle Kinder mit, wie er gesagt hatte, „ausländischen Wurzeln" den anderen beibringen sollten, was in ihrer Sprache „Hallo" hieß. Am lustigsten war, als Aala auf Arabisch von rechts nach links an die Tafel geschrieben hatte. Die Schriftzeichen hatten ausgesehen, als würde sie das Wort zeichnen. (Am Ende hatte „Hallo" auf neun Sprachen an der Tafel gestanden.)

Ich überflog die Fragen und die Antworten und dachte wie so oft: Wenn Adrian und Aala die Aufgaben erklärten, klang alles so verdammt einfach. Als wäre Mathe ein Kinderspiel. Aber wenn Frau Schneider einem die Zettel mit den Aufgaben austeilte, dann war jede Mathearbeit wieder schwer. Ich schlug mich meistens trotzdem ganz ordentlich und war irgendwo im Dreierbereich. Wie fast überall, nur in Deutsch war ich besser, was vielleicht daran lag, dass die Psychotante, zu der mein Papa und ich nach dem Unfall gegangen waren, mir einen Notizblock für meine Gedanken geschenkt hatte.

„Schreib da alles rein, was dich bewegt", hatte sie gesagt, und ich hatte gedacht: nie im Leben!

Inzwischen sind allerdings vierzig solcher Notizbücher vollgeschrieben, denn ich schrieb jeden Abend etwas, und es half, alles um mich herum zu vergessen. Anfangs malte ich mehr, als ich schrieb. Dann schrieb ich mehr, als ich malte. Dann schrieb ich nur noch. Manchmal kurze Texte. Manchmal Notizen. Manchmal ging es darum, was ich am selben Tag erlebt hatte. Manchmal darum, wie ich mich fühlte. Und manchmal notierte ich, was mir gerade in den Sinn kam. So sind neben Texten auch Rankings,

Geschichten und sogar einige Gedichte entstanden. (Die Suche nach Wörtern, die sich reimen, bringt übrigens megaviel Spaß.)

Ein weiterer Grund, weshalb mir Deutsch lag, war Papa selbst. Der hatte uns früher wahnsinnig viel vorgelesen, und nach dem Unfall hatte er mir weitervorgelesen. Auch Harry Potter – die Bände standen inzwischen nicht mehr in Lenas Zimmer, sondern bei mir. Doch dann waren wir im siebten Band angekommen, und Papa sagte irgendwann:

„Bis hierhin habe ich Lena vorgelesen."

Daraufhin hatte er das Buch zugeklappt, zu weinen begonnen und mich mit seinen starken Armen fest an sich gedrückt. Sein ganzer Körper hatte gebebt, und ich hatte Angst bekommen, denn ich war bis zu jenem Abend derjenige gewesen, der hatte getröstet werden müssen. Papa hatte sehr lange geweint, und dann war er einfach aufgestanden und hatte mir anschließend nie wieder vorgelesen. Ich selbst hatte die Harry-Potter-Saga nicht allein weiterlesen wollen, aber dafür las ich nach Papas letzter Vorleseeinheit ungefähr tausend andere Bücher, weil Lesen zu meinem abendlichen Ritual gehörte wie das Zähneputzen und Zocken, was auch alle anderen taten. Und wahrscheinlich war ich wegen meiner Lesesucht gut in Deutsch. (Und in

Sport war ich natürlich nicht nur gut, sondern gehörte zu den Besten.)

Ich schaute wieder aufs Handy.

„Scheiße, ich muss dringend los, sonst komme ich zu spät zur Mathearbeit", murmelte ich.

Wie immer warf ich noch einen Blick in Papas Arbeitszimmer. Dort schlief er auf einer Matratze, weil er seit dem Unfall nie wieder im Ehebett hatte schlafen wollen. Ich öffnete vorsichtig die Tür, um Papa nicht zu wecken. Dort lag er aber nicht! Ich lächelte, denn anscheinend hatte er es geschafft, endlich wieder im Schlafzimmer zu schlafen. Aber dort lag er genauso wenig wie auf dem Sofa im Wohnzimmer, das wir schon lange nicht mehr nutzten. In einem Regal stand das letzte Familienfoto, das Zeynep gemacht hatte. Er hatte damals immerhin die Kraft gehabt, es auszudrucken und sogar einzurahmen. Aber die Kraft, es sich anzuschauen, die hatte er nie aufbringen können. Deshalb hatte Papa ein Tuch übers Bild gehängt. Oft hatte ich mich gefragt, warum er es nicht in irgendeiner Schublade hatte verschwinden lassen. Vielleicht hatte er ja Angst, es dann irgendwann nicht wiederzufinden. Ich machte die Tür zum Wohnzimmer zu und fragte mich erneut: Wo ist Papa?

Sollte er etwa … nein … oder doch? Es blieb ja nichts anderes übrig. Dass er nicht zurückgekommen sein könnte, schloss ich aus. Schließlich war das noch nie passiert – er hatte immer morgens in seinem Arbeitszimmer gelegen. Als ich meine Suche fortsetzte und die Tür zu Lenas Zimmer öffnete, zitterten meine Hände. Das lag wahrscheinlich daran, dass ich mich nach dem Unfall nie wieder in Lenas Zimmer getraut hatte.

Lenas Zimmer sah aus wie eine Staublandschaft, unter dem die zum Teil halb aufgebauten Lego-Friends-Häuser kaum noch zu erkennen waren. Es fehlte nur die Staubkönigin, es fehlte Lena, und als ich an Lena dachte und sie während meiner ersten Prüfung auf der Bank in der Turnhalle sitzen sah, schlug ich die Tür wieder zu, und plötzlich hatte ich Magenschmerzen, und mir war eiskalt. Keine Ahnung warum. Wegen Lenas Zimmer? Oder weil Papa nicht da war? Ich wusste es nicht. Ich rief ihn auf dem Handy an. Immer wieder. Dann schickte ich ihm eine Sprachnachricht und nahm anschließend meinen Rucksack, zog Schuhe und Jacke an, schwang mich aufs Rad und fuhr los. Ich würde zu spät kommen, das stand fest. Bei einer Mathearbeit! Und es war nicht das erste Mal, dass ich zu spät kam, weil ich morgens manchmal die Zeit vergaß. Bei Frau Schneider war das besonders unangenehm, denn sie war nicht nur die jüngste Lehrerin, sondern auch die strengste.

Aber eigentlich war das alles egal. Weniger egal war, wo Papa war.

***

Was war der allerschrecklichste Moment nach dem Unfall?

Der Moment, in dem ich aufwachte und Papa an meinem Bett saß, mich lange anschaute und sagte:

„Max, wir müssen uns jetzt allein durchs Leben kämpfen."

Aber war das wirklich der allerschrecklichste Moment? Nein, denn als ich zu weinen begonnen hatte, hatte Papa mich in den Arm genommen, und nirgendwo sonst auf der Welt fühlte ich mich so sicher und geborgen wie in seinen Armen. Es war schrecklich, aber so nah wie in diesem Moment war ich Papa noch nie gewesen. Vorher nicht. Und nachher nicht.

Vielleicht war es doch der Tag, an dem Lena und Mama beerdigt wurden. Das hatte so etwas Endgültiges. Lenas Schulklasse war gekommen, und alle Kinder und auch ihre Klassenlehrerin weinten schon in der Kapelle und dann auch am Grab. Es kamen auch viele vom Taekwondo, obwohl sie Mama und Lena nicht so gut gekannt hatten.

Wir standen neben dem Grab und schüttelten Hände oder ließen uns in den Arm nehmen. Seltsamerweise konnte ich nicht weinen. Vielleicht, weil ich den Eindruck hatte, dass ich selbst gar nicht mehr leben würde. Mein ganzer Körper fühlte sich leer an. Am schlimmsten war es, als Mamas Eltern vor uns standen und aus Opa alles rausplatzte. Er beschimpfte Papa, bezeichnete ihn als nutzlos und ließ sich auch von Martin nicht beruhigen, während Oma schluchzte und ich mich an Papas Arm krallte.

Weitere schreckliche Momente: als Papa aufhörte, mir vorzulesen, als Papa mit Taekwondo aufhörte, als Papa aufhörte zu schreiben (sein Schreibtisch blieb einfach unbenutzt), als Papa aufhörte, mich nach der Schule zu fragen, als Papa aufhörte, wie soll ich es sagen, na ja, es ist eigentlich ganz einfach:

Als Papa aufhörte, Papa zu sein.

2

Vor dem Klassenraum schaute ich ein letztes Mal aufs Handy. Papa hatte nicht geantwortet. Dann schaltete ich es auf lautlos, weil es an meiner Schule ein strenges Handyverbot gab. Das war voll nervig. Wenn man nur mal kurz auf die Uhr gucken wollte, machten alle Lehrer total Stress und kassierten das Handy meistens sofort ein. Und dann musste man es beim Direktor abholen, und beim dritten Mal wurde es direkt den Eltern ausgehändigt, die dafür in die Schule kommen mussten. Und da mein Handy schon zweimal einkassiert worden war, würde beim nächsten Mal Papa angerufen werden. Und ob er es dann jemals abholen würde, wusste ich nicht.

Ich betrat den Klassenraum mit siebenminütiger Verspätung und sagte:

„Tschuldigung."

Ohne Frau Schneider anzuschauen, setzte ich mich auf meinen Platz ans äußerste Ende des Hufeisens neben Andrei, der nie etwas sagte und in den Tests und Arbeiten fast immer Einsen schrieb. Im Gegensatz zu Adrian und Aala – fingen die Namen guter Schüler wohl grundsätzlich mit einem A an? – half er nie, wenn er nicht direkt gefragt wurde. Er war halt einfach ein stiller Kerl, und das war auch in Ordnung so. Vielleicht war er ja so still, weil er im Gegensatz zu mir gar keine Eltern mehr hatte. Jedenfalls keine Eltern, die sich um ihn kümmern konnten. Denn er lebte im Heim. Bis ich Andrei kennengelernt hatte, hatte ich gedacht, dass es Kinderheime nur in Büchern oder Filmen geben würde, und dort sind sie fast immer schrecklich. Andrei war ein Phänomen: Obwohl ich neben ihm saß, vergaß ich manchmal, wie er aussah. Und wenn er mal krank war, vergaßen die Lehrer oft, ihn einzutragen.

„Max?!", sagte Frau Schneider in einem Tonfall, als spräche sie mit einem Hund.

„Ja?", fragte ich.

„Wir schreiben eine Mathearbeit!"

Obwohl ich genau wusste, dass sie auch deshalb für meine Verspätung eine Erklärung hören wollte, sagte ich:

„Echt?"

Alle lachten. Na ja, fast alle. Andrei und Frau Schneider nicht. Andrei, weil er so vertieft in die Aufgaben war. Und Frau Schneider, weil sie es vermutlich nicht lustig fand. Sie trug etwas ins Klassenbuch ein – wahrscheinlich etwas eher Unvorteilhaftes über mich – und zeigte aufs Pult. Ich stand auf und nahm das Aufgabenblatt und einen karierten Bogen. Als ich wieder saß, las ich die erste Aufgabe:

1. Berechne die Jahreszinsen bei einem Zinssatz von 6% für ein Kapital von 375 €.

Wenn ich ehrlich war, interessierten mich die Jahreszinsen überhaupt nicht. Und außerdem hatte ich gerade echt andere Probleme, als mich mit irgendwelchen Zinsen zu befassen. Anstatt mir die anderen Aufgaben anzuschauen, ließ ich meinen Blick durch die Klasse schweifen. Aala, Adrian und Andrei bearbeiteten die Aufgaben und schienen nicht mal überlegen zu müssen. Die meisten anderen schauten abwechselnd aufs Aufgabenblatt und ihre Rechnungen, die sie durchstrichen oder ungläubig betrachteten, als ergäben die Zahlen für sie keinerlei Sinn.

„Ich verstehe gar nichts!", rief Mathilda, die nur schwarze Klamotten trug, ihre blonden Haare schwarz gefärbt hatte und meistens sowohl die Fingernägel schwarz lackierte als auch schwarzen Lippenstift benutzte.

Jetzt begann sie zu weinen, was sie oft tat, wenn sie etwas nicht verstand. Noch seltsamer war, dass sie zu heulen begann, wenn sie sich freute. Das war allein deshalb interessant, weil das Geheule zum einen nicht zu ihrem Äußeren passte. Zum anderen hatte sie sich letztes Jahr im Sportunterricht den Arm gebrochen und war vor Schmerzen ganz weiß im Gesicht geworden – geweint hatte sie allerdings nicht.

Frau Schneider stand auf, ging zu Mathilda und begann, auf sie einzuflüstern. Als Mathilda sich beruhigt hatte, begann Noah zu schluchzen. Noah weinte wiederum wegen jeder Kleinigkeit, auch wenn er stolperte und hinfiel. Aber wenn er nicht weinte, war er eigentlich ein lustiger Kerl, der sich oft meldete und vollkommen zusammenhanglos von irgendwelchen Erlebnissen berichtete. Er saß neben Adrian, trug ständig Star-Wars-Pullover, war gerade erst dreizehn geworden und damit der Jüngste in der Klasse und darüber hinaus der kleinste Junge. Nachdem es Frau Schneider gelungen war, auch Noah zu beruhigen, stand sie plötzlich vor meinem Tisch. Dabei hatte ich doch gar nicht geheult. Konnte sie mich nicht einfach in Ruhe lassen?

„Max … du hast ja noch nicht mal angefangen."

Das wusste ich selbst. Und dass es nun auch alle anderen wussten, war mir egal.

„Du hast nur noch zwanzig Minuten Zeit."

Das wiederum wusste ich nicht. Wie auch? Im Raum hing keine Uhr, und wenn man mal kurz aufs Handy guckte, ging ja immer gleich die Welt unter. Als Frau Schneider wieder hinter ihrem Pult saß, guckte ich mir die zweite Aufgabe an.

2. Berechne das Kapital, wenn du bei 3% 150 € Zinsen erhältst.

Wahrscheinlich hätte ich, wenn ich mich konzentriert hätte, herausgefunden, wie hoch das Kapital war. Aber die Sache mit dem Konzentrieren fiel mir oft schwer. Vor allem an Tagen, an denen ich morgens einen Blick in den Kühlschrank warf und er leer war, weil ich es tags zuvor nicht geschafft hatte einzukaufen. Das war zwar dieses Mal nicht der Fall gewesen, aber wenn ich die Wahl gehabt hätte, wäre mir ein leerer Kühlschrank lieber gewesen als ein leeres Arbeitszimmer. Um nicht an Papa denken zu müssen, beobachtete ich wieder die anderen. Ich fand das megaspannend, weil jeder in solchen Klassenarbeitsstunden irgendeine Macke hatte. (Ich mit Sicherheit auch.) Für Bülent war es bei jeder Arbeit zum Beispiel wahnsinnig wichtig, einen Schokoriegel auf seinen Tisch zu legen, obwohl er ihn erst in der Pause aß. Als ob er sich während der Arbeit schon auf irgendetwas freuen wollte. In Stunden, in denen wir keine Arbeiten schrieben, aß er oft auch mitten im Unterricht. Er hatte immer Hunger und sah auch aus wie jemand, der gern und viel isst. Und Mathilda umrahmte ihre Tischseite mit dem kompletten Inhalt ihrer Federtasche, und in die Mitte legte sie dann das Arbeitsblatt. Und Noah heulte entweder oder er schüttelte in einer Tour den Kopf, als hätte er einen Wackelkontakt, und außerdem kommentierte er flüsternd, was er über die Aufgaben dachte („Jaa!!!" „Hä???" „Das haben wir doch gar nicht gemacht!") und hörte auch nicht auf, wenn er vom jeweiligen Lehrer zurechtgewiesen wurde. Unsere Klassensprecherin Inci, die schon vierzehn war und aussah wie Zeyneps kleine Schwester (sie hatte auch lange schwarze Locken, die sie oft zusammengebunden trug, und war trotz ihrer vierzehn Jahre eher klein), verzierte immer erst die Arbeitszettel, bevor sie zu schreiben begann. Und wenn wir keine Arbeiten schrieben, zeichnete sie oft Mangas und postete ihre Kunstwerke in unserer Klassengruppe. Wenn ich Lehrer gewesen wäre, hätte ich längst ein Buch geschrieben mit dem Titel *Das komische Verhalten meiner komischen Schüler während Klassenarbeiten.*

Als Frau Schneider plötzlich wieder vor meinem Tisch stand, zuckte ich zusammen. Jetzt beugte sie sich herunter und flüsterte mir direkt ins Ohr:

„Hey, was ist los? Du kannst Mathe. Das weiß ich, und das weißt du selbst."

Ich sagte nichts.

„Schau dich mal um. Alle arbeiten."

Ich dachte an Papas Sprüche, und obwohl ich wusste, dass er es anders gemeint hatte, sagte ich sehr leise:

„Man muss nicht etwas machen, nur weil es alle machen."

„Das ist manchmal richtig, aber in diesem Fall leider falsch. Du …"

Ich unterbrach sie:

„Können Sie mich nicht einfach in Ruhe lassen?"

Auch das hatte ich sehr leise gesagt.

„Wie bitte?", sagte sie.

„Können - Sie - mich - nicht - einfach - in - Ruhe - lassen?", rief ich so laut, dass sogar Andrei einen Schreck bekam.

„Natürlich kann ich dich einfach in Ruhe lassen. Kein Problem", sagte Frau Schneider mit ruhiger Stimme.

Das verunsicherte mich. Aus Gründen, die mir selbst rätselhaft waren, wäre es mir lieber gewesen, sie hätte mich angebrüllt.

Dann setzte sie sich hinter ihr Pult und trug wieder etwas ins Klassenbuch ein. Am Ende der Stunde schrieb ich meinen Namen auf den Zettel und, um es Frau Schneider einfach zu machen, gleich meine Note dazu: 6! Eigentlich war das gar nicht so schlecht. Denn wenn ich eine Sechs nach Hause brachte, würde Papa ja vielleicht endlich reagieren. Schon seit langer Zeit freute er sich nicht mehr über gute und ärgerte sich auch nicht mehr über weniger gute Noten. In meinem Fall waren gute Noten meistens Einsen in Deutsch und Zweien in Englisch und weniger gute Noten eine Vier plus oder eine glatte Vier in irgendwelchen Tests. (In Mathe hatte ich sozusagen ein Abo auf eine Drei. Das war jenseits von Gut und Böse, fand ich.)

„Weißt du was, wir stressen uns nicht unnötig", sagte Frau Schneider, nachdem sie nach dem Kommando „Stifte aus der Hand!" die Arbeiten eingesammelt hatte.

Sie unterstrich die Note und kritzelte ihre Unterschrift darunter.

„Hier, dein Vater unterschreibt das bitte."

Ich nickte. Seltsamerweise war ich kein bisschen traurig, sondern eher gespannt darauf, was Papa sagen würde. Papa? Hatte ich etwa einen Augenblick lang vergessen, dass er am Morgen nicht da gewesen war? Ja, das hatte ich! Jetzt dachte ich wieder daran. Wie gern würde ich einfach auf mein Handy schauen ...

Während ich die Arbeit wieder einsteckte, bildete sich binnen weniger Sekunden ein Kreis um Frau Schneider, und ungefähr zehn Schüler bombardierten sie mit Fragen.

„Frau Schneider, stimmt es, dass die Jahreszinsen 1000 Euro sind?"

„Nein, Frau Schneider, das sind doch nur 2 Euro, oder?"

„Ich habe genau 474,30!"

Das war alles falsch, dachte ich.

„Es waren doch 22,50, oder?"

Das klang richtig.

„WAS IST HIER LOS?"

Das war Herr Saß! Unser Klassen- und Deutschlehrer. Der schrie ständig herum, weshalb niemand mehr Angst bekam, wenn er mal wieder laut wurde. Das bekamen wir nur, wenn er nicht aufhörte zu brüllen, denn dann war er richtig wütend. Im Großen und Ganzen war Herr Saß aber in Ordnung, und für sein Herumgeschrei entschuldigte er sich meistens. Er hatte dunkelbraune, lange Haare, die er nie kämmte, und einen Bart, der ziemlich wild in alle Richtungen wuchs. Der lustigste Tag war immer dann, wenn er alle ein bis zwei Monate plötzlich ganz ohne Bart vor uns stand und aussah wie ein Oberstufenschüler. Jetzt rannten alle, die gerade noch Frau Schneider umzingelt hatten, zu Herrn Saß und schimpften:

„Herr Saß, die Arbeit war viel zu schwer!"

„Herr Saß, wissen Sie was, eine Aufgabe kam dran, die wir gar nicht im Unterricht besprochen hatten!"

„Herr Saß, wenn ich eine Sechs habe, dann darf ich nicht zum Fußball, und ich werde bestimmt eine Sechs haben!"

Und noch während Herr Saß solche Sätze entgegengeschleudert bekam, geschah etwas Merkwürdiges. Er grinste! Und dann lächelte er Frau Schneider an, die zurücklächelte und sogar lachen musste. Darüber wunderte ich mich, denn ich hatte nicht gewusst, dass sie lachen *konnte*.

„Das finden Sie wohl lustig!", schnauzte ihn Inci an.

Die sprach immer so mit Herrn Saß, was er in Ordnung zu finden schien. Wieder lachte er, dann sagte er:

„Also erstens: Sorry, dass ich vorhin so gebrüllt habe. Aber ihr habt euch echt aufgeführt wie im Affengehege. Habt ihr euch schon mal die Paviane im Zoo angeschaut?"

„Herr Saß!", sagte Inci in einem Tonfall, mit dem Eltern manchmal ihre Kinder zurechtweisen.

„Na ja, ich meine ja bloß, die verhalten sich genauso, wie ihr es gerade getan habt."

Mit so einem Blödsinn kam er immer. Aber ich glaube, er konnte gar nicht anders.

„Und zweitens: Also wenn ihr mir erzählt, dass die Mathearbeit zu schwer war, dann finde ich das ziemlich lustig, ja."

Wieder lächelte Frau Schneider, während die ganze Klasse mit fünf Ausnahmen – Andrei, Aala, Adrian, Anessa und ich – Herrn Saß ausschimpfte, was ihn nicht sonderlich kümmerte.

„Du, ich muss mal mit dir reden", sagte Frau Schneider.

Wir sollten uns auf unsere Plätze setzen – ich war eh nicht aufgestanden – und unsere Deutschsachen herausholen, was auch alle taten. Es war erstaunlich, wie ruhig plötzlich alle waren, obwohl Herr Saß und Frau Schneider inzwischen auf dem Gang waren, um wahrscheinlich über mich zu reden. Es war so, als hätten sie ihrer Wut bloß Luft machen müssen. Ich brauchte eher einen Sandsack, auf den ich einprügeln konnte, um nicht wieder an Papa denken zu müssen. Es war ja fast einfacher, an Mama und Lena zu denken. Denn immerhin wusste ich, wo die beiden waren.

Einen Augenblick später kam Herr Saß wieder in den Klassenraum. Als wir aufstehen wollten, wiegelte er ab.

„Bleibt sitzen, ihr habt euch heute ja schon viel anstrengen müssen."

Niemand lachte, nur er selbst, und auch das war typisch Herr Saß. Herr Saß war einfach nie normal. Entweder lachte er. Oder er brüllte herum. Oder er erzählte mit einer Begeisterung und Leidenschaft wie ein Fußballkommentator von Dingen, die uns oft nicht ganz so begeisterten wie ihn. Manchmal schimpfte er auch, ohne dabei zu schreien. Genau das tat er jetzt.

„Wisst ihr, ihr gebt immer den schweren Aufgaben oder den doofen Lehrern die Schuld, in diesem Fall der doofen Lehrerin Frau Schneider. Nie fragt ihr euch, wie konzentriert ihr wirklich im Unterricht gewesen seid und ob ihr wirklich die Hausaufgaben sorgfältig erledigt habt und …"

Ich hörte nicht mehr zu. Er sagte uns immer wieder, dass wir die Fehler bei uns suchen müssten, und wahrscheinlich wusste sogar Inci, dass das stimmte. Sie regte sich trotzdem immer am lautesten auf, aber schließlich war sie auch

Klassensprecherin. Als er fertig war, meldete sie sich. Herr Saß nickte ihr zu.

„Herr Saß, ich meine, Sie haben ja recht …"

Sofort unterbrach sie Herr Saß.

„Genau, und dabei belassen wir es jetzt. Lasst uns endlich mit Deutsch anfangen."

Inci guckte ihn mit ihrem empörten Inci-Blick an (zu Schlitzen verengte Augen, zusammengekniffene Lippen), dann zuckte sie die Achseln, als würde sie einsehen, dass genug über die Mathearbeit gesprochen worden war.

Bevor wir mit Deutsch beginnen konnten, meldete sich Adrian. Dass er nichts zu Deutsch sagen wollte, merkte man daran, dass er mit den Fingern schnippte. Das machte er immer nur dann, wenn es um etwas anderes, meistens ziemlich Dramatisches, ging. Herr Saß nickte ihm zu.

„Über WhatsApp bin ich bedroht worden!"

Ich hatte doch gewusst, dass es etwas Dramatisches war. Adrian machte eine Pause, als wollte er abwarten, wie die Klasse reagierte. Aber sie reagierte nicht. Also sprach er weiter.

„Die Jungs aus der Parallelklasse haben geschrieben, dass ich mich auf die große Pause freuen soll, denn in der großen Pause wollen sie mit mir noch mal darüber reden, warum ich letzte Woche der Pausenaufsicht gesagt habe, dass sie den Fünftklässlern den Ball weggenommen haben. Aber ich meine, das war die Klasse von meiner Schwester, irgendwas musste ich doch tun, und na ja, jetzt wollen sie mit mir reden, aber das sagte ich ja schon, glaube ich. Das Problem ist: Eigentlich reden die nie sehr viel, sie treten immer gleich zu."

Er schien fertig zu sein. Herr Saß rollte mit den Augen. Das sah immer lustig aus, und das tat er, sobald jemand zum hundertsten Mal denselben Unfug erzählte oder dieselbe Frage stellte. Oder wenn er wie jetzt fand, dass irgendein Streit oder Konflikt vollkommen überflüssig war.

Jeder von uns kannte natürlich die drei Jungs – Murat, Riad und Sebastian – aus der Parallelklasse. Das war irgendwie auch witzig, wenn sie in dieser Kombi über den Schulhof liefen. Als würden sie eine Bande gründen wollen, die nur jeweils ein Mitglied aus irgendeinem Land akzeptierte. (Dass Murats Eltern aus der Türkei und Riads aus dem Libanon kamen, musste man allerdings wissen.) Aber wenn sie tatsächlich eine Bande gründen wollten, hatten sie bei der Rekrutierung von neuen Mitgliedern keinen Erfolg. Denn sie liefen schon seit der 5. Klasse zu dritt über den Schulhof.

Den Rest der Stunde sprachen wir dann darüber, wie man solche Konflikte lösen konnte. Und Herr Saß fand, dass das ganz einfach war. Das Zauberwort hieß: Distanz! Wenn man versuchte, den anderen aus dem Weg zu gehen, dann würden sie Adrian bald vergessen. Na ja. So einfach war das nicht, wenn der Klassenraum nebenan lag und der Pausenhof von quasi jeder Ecke aus komplett überschaubar war. Und überhaupt: Man konnte doch nicht die ganze Zeit weglaufen! Als es klingelte, sagte Herr Saß:

„Ich spreche natürlich auch mit Frau Wagner."

(Das war die Klassenlehrerin in der Parallelklasse.)

„So, große Pause, alle raus, nur du nicht, Max!"

Oh nein, bitte kein Gespräch unter vier Augen. Es war nicht so, dass das mit Herrn Saß eine Qual war. Eigentlich war er sogar immer ziemlich lustig, wenn man mit ihm zu zweit war, und brüllen tat er dann nie. Aber ich hatte nach zwei Stunden Unterricht das Bedürfnis, über den Pausenhof zu rennen. Vielleicht schickte er mich aber auch nach Hause, weil ich Frau Schneider angeschnauzt hatte. Bei mir war das möglich, weil mein Vater irgend so einen Wisch unterschrieben hatte, auf dem stand, dass ich allein nach Hause gehen durfte, wenn er nicht erreichbar war.

„Wie geht es dir denn so?", fragte Herr Saß.

Mir ging es beschissen.

„Mir geht es super", sagte ich, obwohl Papa mir beigebracht hatte, immer die Wahrheit zu sagen.

Aber in diesem Fall schadete ich niemandem mit meiner Unehrlichkeit. Im Gegenteil. Herrn Saß, der gleich mit Frau Wagner sprechen musste, bereitete ich weniger Sorgen. Und wahrscheinlich bereitete ich auch meinem Vater weniger Sorgen. Keine Ahnung, ob die Schule etwas unternehmen würde, wüsste sie, dass er nicht von der Nachtschicht zurückgekommen war. Und ich wollte nicht, dass sie etwas unternahm. Das war sogar das Letzte, was ich wollte.

„Wenn es dir so super geht, warum bist du dann wieder zu spät gekommen und hast nicht mal versucht, wenigstens *eine* Aufgabe bei der Mathearbeit zu lösen?"

„Ich konnte das nicht."

Auch das war gelogen. Und wieder fand ich, dass das keine schlimme Lüge war.

„Doch, du hättest das gekonnt. Vielleicht nicht alles, aber Frau Schneider hat gesagt, dass du zu denjenigen gehörst, die Mathe im Großen und Ganzen verstehen. Und wer mit dreizehn so wenige Rechtschreibfehler macht und sogar Kommas setzt, der gibt kein leeres Blatt ab."

Herr Saß sprach nie um den heißen Brei herum, und eigentlich mochte ich das an ihm. Heute fand ich das aber megaanstrengend. Und ich war einigermaßen verwirrt, weil es nicht darum zu gehen schien, dass ich Frau Schneider angeschnauzt hatte. Hatte sie es ihm etwa gar nicht gesagt?

„Darf ich mal aufs Handy schauen?", fragte ich.

Ohne zu zögern, nickte Herr Saß, als wüsste er ganz genau, dass ich auf eine Nachricht wartete. Ich hatte aber keine bekommen.

„Willst du es einem anderen erzählen? Manchmal fällt es einem leichter, wenn da nicht irgend so ein blöder Lehrer vor einem steht, der einem auch Noten gibt", fragte Herr Saß, nachdem ich das Handy weggesteckt hatte.

„Ich will jetzt auf den Pausenhof", sagte ich.

„Okay, dann noch so ein doofer Klassenlehrertipp. Es bringt nichts, wenn du irgendein Problem mit dir herumschleppst. Das hat nichts damit zu tun, dass du erst dreizehn bist. So was bringt niemandem etwas, auch nicht meiner Großmutter. Also … erzähl es mir, oder erzähl es Lydia."

Lydia war die Sozialpädagogin. Sie war okay, sogar richtig nett. Nicht nur, weil sie aussah, als wäre sie selbst noch eine Schülerin und jeden Tag eine andere Frisur trug (mal einen Zopf, mal zwei Zöpfe, mal einen Pferdeschwanz, mal trug sie ihre roten Haare offen, mal als Dutt, und neulich hatte sie plötzlich Locken, und auch ihre Fingernägel hatte sie ständig in einer anderen Farbe lackiert), sondern weil es in ihrem Büro immer nach Früchtetee roch und sie einem sofort Tee und Kekse anbot, wenn man bei ihr war. Herr Saß und Lydia wussten vom Unfall. Und meines Wissens waren sie die Einzigen.

„Na dann hau schon ab", sagte Herr Saß, lächelte und gab mir einen Klaps auf die Schulter.

Kaum war ich auf dem Pausenhof, sah ich, dass Adrian von vier Jungs umringt wurde. Nur Noah stand bei ihm, allerdings konnte Noah Adrian nur beim Legobauen helfen und nicht, wenn es darum ging, sich gegen vier Jungs zu wehren. Der Vierte war Vincent, dessen Eltern aus Togo kamen. Ich konnte es echt nicht glauben – sie hatten offensichtlich ein neues Mitglied gefunden. Jetzt fehlt nur noch ein Chinese, Japaner oder Koreaner, dachte ich. Und irgendjemand aus Osteuropa. Ein Russe oder Pole oder so.

In diesem Augenblick schlug Vincent zu. Und zwar mitten in Adrians Gesicht. Die anderen lachten, und ich lief los. Ich hatte so viel Wut im Bauch, dass ich es nicht nur mit vier, sondern auch mit vierzehn oder vierzig Jungs hätte aufnehmen können.

***

Die schrecklichsten Momente vor dem Unfall

Hier wollte ich jetzt wieder eine Liste hinschreiben. Aber mir fallen einfach keine schrecklichen Momente ein. Gut, Lena war manchmal blöd, wenn ihre Freundinnen da waren. Aber wie gern würde ich sie und ihre Freundinnen, die jetzt alle vielleicht schon Freunde hatten, in Lenas Zimmer kichern hören? So schrecklich kann es also nicht gewesen sein.

Na ja, und Mama ... also Mama hat eigentlich nie aufgehört zu arbeiten. Ob sie immer so viel zu tun oder ihre Arbeit so sehr gemocht hatte, dass sie auch zu Hause und auch auf Föhr immer aufs Diensthandy hatte gucken müssen, weiß ich nicht. Manchmal hat das ein bisschen genervt. Aber wie gern wäre ich jetzt auf Föhr und würde von ihr den Satz hören:

„Entschuldigt, aber diese Mail muss ich jetzt wirklich beantworten."

Nein. In meinem Leben gab es vor dem Unfall keine schrecklichen Momente. Und Papa war sowieso immer nur mein Held gewesen.

3

Ich war nicht der Einzige, der plötzlich neben Adrian stand. Auch Aala war wie aus dem Nichts aufgetaucht, und natürlich Inci, die keinem Streit aus dem Weg ging.

„Lass Adrian in Ruhe und verpiss dich!", sagte ich zu Vincent, der genauso groß war wie ich (also 1,70 m) und meines Wissens wahnsinnig gut Fußball spielte und vielleicht ja auch deshalb zu den Jungs gehörte, die immer im Jogginganzug zur Schule kamen.

Vincent wirkte nicht sonderlich beeindruckt von meinem „Verpiss-dich".

„Verpiss *du* dich, Mäxchen!", sagte er.

Ich wusste, dass mich einige so nannten. Weil ich lange, lockige Haare hatte, die inzwischen bis auf die Schultern fielen. Ich hatte keine Lust, selbst beim Friseur anzurufen. Und Papa interessierte eh nicht, wie ich aussah. Ich hatte mich längst daran gewöhnt, mir die Haare aus dem Gesicht zu wischen, wenn es windig war oder ich lief oder mich beim Taekwondo drehte. Dass ich deshalb von einigen Mäxchen genannt wurde, war mir herzlich egal.

Weil ich gar nicht daran dachte, mich zu verpissen, versuchte Vincent, mich wegzuschubsen. Anstatt gegenzuhalten, ging ich zwei Schritte rückwärts und packte einen seiner Arme, an dem ich kräftig zog. Für ihn fühlte es sich wahrscheinlich an, als würde er eine Treppe runterlaufen und die letzte Stufe übersehen. Sofort geriet er aus dem Gleichgewicht und fiel wie ein Fußballspieler, der in vollem Lauf gefoult wird. Jetzt stürzte sich Murat, der immer ein Cappy und meistens ein Trikot irgendeiner Istanbuler Fußballmannschaft trug, auf mich, und während Adrian, Noah und Inci „Stopp" riefen, trat die Syrerin Aala ohne zu zielen in Richtung des Libanesen Riad, wie ich aus dem Augenwinkel sah. Dabei schrie sie ihn auf Arabisch an, und Riad, ein schmaler Typ mit schwarzen Locken, schrie auf Arabisch zurück. Allerdings war es ein Fehler gewesen, mich von Aalas und Riads Gebrüll ablenken zu lassen. Denn Murat traf mich mit der Faust aufs Kinn. So wie er guckte, tat ihm das aber offensichtlich mehr weh als mir. Obwohl ich nicht viel Übung in Pausenhofschlägereien hatte, hatte ich keine Angst. Wahrscheinlich, weil ich gerade andere Sorgen hatte. Und auch, weil Vincents und jetzt auch Murats Angriffe, wie soll ich sagen, ziemlich vorhersehbar waren oder wie Murats Faustschlag eher kitzelten. Bevor Murat seine Faust zurückziehen konnte, schnappte ich mir mit beiden Händen seine Hand und drehte sie erst in die eine und dann ruckartig in die andere Richtung. Ach, war das herrlich, wie er durch die Luft segelte und auf dem grauen Schulhofasphalt landete. Es war das erste Mal, dass ich diese Technik nicht im Training, sondern auf der Straße testete. Hätte nicht besser klappen können.

„Max hat mir den Arm gebrochen", brüllte Murat, als würde er sterben.

„Nee, das war nicht Max, sondern Mäxchen. Außerdem ist dein Arm nicht gebrochen, Heulsuse", sagte ich und dachte: Wenn du mit deinem Gejaule nicht aufhörst, breche ich dir wirklich den Arm.

Aber wo war eigentlich der eher kleine Sebastian, der meistens ein Dortmund-Trikot trug und strohblondes, kurzgeschorenes Haar hatte? Tja, er stand da einfach und machte keinerlei Anstalten, Vincent oder Murat zu helfen. Stattdessen beobachtete er ängstlich die sich auf Arabisch anschreienden Aala und Riad. Und ich verstand Sebastian. Wenn zwei Araber sich auf Arabisch zankten, war das faszinierend und furchtbar zugleich. Mehr Hass im Tonfall ging einfach nicht. Wenn Wörter töten könnten, wären Aala und Riad gleichzeitig tot umgefallen. In diesem Augenblick kam die Pausenaufsicht und stellte sich zwischen uns, und plötzlich waren auch Frau Wagner, die sehr groß war und mit ihren stets straff nach hinten gekämmten Haaren sehr streng wirkte, und Herr Saß da. Erst in diesem Augenblick merkte ich, dass zwanzig, vielleicht dreißig Schüler einen riesigen Halbkreis um uns gebildet hatten. Sie wurden alle von der Aufsicht weggeschickt, während Frau Wagner und Herr Saß auf Aala und Riad einredeten.

„Lass mich mal gucken", sagte jemand in diesem Augenblick zu mir.

Und zwar ein Mädchen, das ebenfalls die ganze Zeit auf der Seite unserer Klasse gestanden hatte, das man aber oft übersah. Ein kleines, eher stilles Mädchen mit dunkelblonden Haaren, die ein wenig länger waren als meine, und dunkelblauen Augen und einem etwas runden Gesicht, einem Mondgesicht, das immer leuchtete wie in einer Vollmondnacht. Ein Mädchen, in dessen Kleiderschrank sich wahrscheinlich zwanzig Kapuzenpullis in einer jeweils anderen Farbe stapelten. Heute hatte das Mädchen einen hellgrünen Pulli gewählt. Ein Mädchen mit einem Namen, bei dem man das V vergessen hatte. Mir wurde komisch warm, als sie meinen Kopf in ihre Hände nahm und ihn in ihre Richtung drehte. Ich bückte mich, damit sie ihre Arme nicht so in die Höhe strecken musste und sich besser mein Kinn anschauen konnte. Ich fand, dass die ganze Prügelei sich allein wegen dieses Moments gelohnt hatte. Mir war noch immer warm, obwohl es ein eher kühler Herbsttag war.

„Da ist nichts", sagte sie und lächelte mich an, als sei ich ihr Held, und dabei wurde mir noch wärmer.

„RUHE!!!!", schrie Herr Saß, weil Aala und Riad nicht aufhörten, sich ihren Hass aufeinander entgegenzuschleudern.

Riad zuckte zusammen und schaute erschrocken Herrn Saß an. Aala erschrak nicht, sie kannte ja sein Gebrüll. Aber da es noch viel lauter als üblich war, hörte auch sie auf. Frau Wagner nahm ihre Schüler mit, und wir – also Adrian, Noah, Aala, Anessa, Inci und ich – folgten Herrn Saß und saßen einen Augenblick später in einem Besprechungsraum mit Lydia um einen Tisch herum. Der Abteilungsleiter für die Unterstufe, der aussah wie ein Schauspieler und den wirklich alle cool fanden, sprach mit den anderen, Lydia saß bei uns. Heute trug sie einen Dutt, aber nicht an ihrem Hinterkopf, sondern auf dem Kopf und sah aus wie eine Kerze.

„Was war los?", fragte Herr Saß.

Und er klang so wie im Klassenrat, wenn er von uns erwartete, zu 100% ehrlich zu sein und zuzugeben, dass wir Scheiße gebaut hatten.

Ich überließ es Adrian und Inci zu erzählen. Adrian war aufgebracht wie selten, und Inci war aufgebracht wie immer. Ich fand das toll. Sie war eine echte Kämpferin.

„Und warum hast du Riad angebrüllt und nicht aufgehört?", fragte Herr Saß anschließend Aala.

„Riad hat meine Mutter beleidigt!"

Herr Saß rollte mit den Augen. Er seufzte.

„Und du?"

„Und ich?"

„Ja, du. Was hast du zu ihm gesagt?"

„Ich habe auch seine Mutter beleidigt, aber er hat angefangen."

Wieder seufzte Herr Saß. Nicht zum ersten Mal staunte ich darüber, wie perfekt Aala inzwischen Deutsch sprach. Wahnsinn. Sie lebte doch erst seit ein paar Jahren in Deutschland und hatte, bevor sie gekommen war, kein Wort gesprochen. Schade, dass sich Riad und Aala nicht auf Deutsch angegiftet hatten. Das hätte ich gern gehört. Ich fragte mich, ob Aala wusste, dass Riad zu einer libanesischen Großfamilie gehörte. Auf quasi jede Schule in der Stadt ging irgendeine Schwester oder Cousine oder ein Bruder oder Cousin. Aala wiederum war allein mit ihrer Mutter und kannte nur einige Syrer aus der neunten Klasse, die auch aus Homs kamen. (Ihre syrische Heimatstadt Homs hatte sie mal im Erdkundeunterricht vorgestellt.) Aala würde in nächster Zeit aufpassen müssen. Vor allem auf dem Schulweg.

Mich faszinierte der Zusammenhalt in so arabischen Familien immer wieder, und die Sprache mochte ich einfach. (Ich mochte auch Türkisch wegen der ganzen Üs.) Aber manchmal übertrieben sie es ein bisschen mit ihrer Empfindlichkeit, fand ich. Man musste nur die Mutter beleidigen, dann explodierten sie sofort auf Knopfdruck. Wahrscheinlich selbst dann, wenn sie gar keine Mutter mehr hatten.

Jetzt guckte Herr Saß mich an.

„Und du hast geschubst, getreten und geschlagen und …", begann er, wurde aber sofort von Inci und Adrian unterbrochen, deren Stimmen sich geradezu überschlugen:

„Er hat geholfen!", schrien sie, und Noah und Anessa bestätigten das, wenn auch leiser.

Herr Saß sprach einfach weiter.

„… und einem der Jungs, Murat, glaube ich, den Arm so verdreht, dass er noch immer heult."

Also dazu fiel mir nichts anderes ein als:

„Der ist halt eine Heulsuse!"

„MAX!", schrie Herr Saß.

Ist doch wahr, dachte ich und schaute, ich wusste nicht warum, Lydia an. Und sie erwiderte meinen Blick. Dabei sah sie nachdenklich aus. Als würde sie sich fragen, ob sie mit mir schon bald mehr zu tun haben würde.

„Tschuldigung, dass ich geschrien habe. Okay, wartet", sagte Herr Saß und verließ gemeinsam mit Lydia den Raum.

Wir sechs blieben sitzen und sagten nichts, was irgendwie komisch war. Einen Augenblick später kamen Herr Saß und Lydia wieder rein, und Herr Saß erzählte, dass er sich mit dem Abteilungsleiter und Frau Wagner beraten habe. Sofort verkündete er das Urteil, auf das sie sich offensichtlich schnell geeinigt hatten.

„Aala, du schreibst eine Erinnerungsaufgabe. Max, du packst deine Sachen und gehst nach Hause. Deinen Vater habe ich nicht erreicht, ich habe ihm nur eine Nachricht auf die Mailbox sprechen können. Gewalt an unserer Schule ..."

„Er hat geholfen", riefen Adrian, Inci, Noah, Aala und Anessa gleichzeitig.

Ich guckte einen nach dem anderen an und hatte das Gefühl, weinen zu müssen.

„Mag sein, dass du geholfen hast, Max. Und ich werfe dir wirklich nicht vor, feige gewesen zu sein. Du warst im Gegenteil sehr mutig. Aber in einer solchen Situation suchst du die Pausenaufsicht oder rennst zum Lehrerzimmer. An unserer Schule hilft man nicht, indem man prügelt. Und natürlich werden die Jungs aus der Parallelklasse auch nach Hause geschickt."

„Aber bis die Pausenaufsicht gekommen wäre, wäre ich längst totgeprügelt worden!", sagte Adrian.

„Nein, wärst du nicht", sagte Herr Saß.

Adrian war echt okay, stellte ich nicht zum ersten Mal fest. Schade, dass ich mich nicht mit ihm anfreunden konnte. Ich glaube, ich hätte mich gern in seinem Kinderzimmer einfach auf den Boden gelegt und dort mit ihm Lego gebaut und mir von seiner Mutter heiße Schokolade und Kekse bringen lassen, um einfach mal einen Augenblick lang ein ganz normales Kind sein zu dürfen und mich nicht wie fünfzehn, sondern wie elf zu fühlen und alles um mich herum zu vergessen. Aber ich hätte ihn anschließend ja nicht zu mir einladen können. Allein, weil es in der Wohnung wie in einer Pfefferminzfabrik roch. Und wie sollte ich erklären, dass Papa die ganze Zeit schlief? Deshalb konnte ich auch Anessa nicht einladen, was ich mich eh nicht getraut hätte.

„Ist schon gut, ich fahre dann mal nach Hause", sagte ich.

Eigentlich passte mir die Strafe. Ich wollte auch nach Hause. Denn langsam bekam ich Angst. Wenn auch Herr Saß Papa nicht erreicht hatte – inzwischen war es Viertel vor elf! –, dann musste etwas passiert sein. Ich hoffte, dass ihm nur das Handy geklaut worden war oder er nicht gemerkt hatte, dass der Akku leer war. Das war nicht nur möglich, sondern wahrscheinlich. Denn er merkte ja vieles nicht mehr. Und wenn dem so war, lag er einfach im Arbeitszimmer und schlief, und vielleicht tat es ihm sogar leid, mich nicht benachrichtigt zu haben.

Als ich zwanzig Minuten später die Wohnung betrat, merkte ich allerdings sofort, dass etwas nicht stimmte: Denn es roch nicht nach Pfefferminz, sondern nach etwas anderem. Um genau zu sein, stank es entsetzlich. Die Tür zum Bad, aus dem der Gestank kam, stand offen. Ich musste mehrmals hinschauen, um zu begreifen, dass es wirklich Papa war, der zusammengekrümmt auf dem Boden lag. Ich atmete tief ein und langsam wieder aus. So, als wollte ich testen, ob ich wirklich noch lebte.

„Papa!", rief ich, und ich merkte selbst, wie sehr meine Stimme zitterte.

***

Was sind Freunde? Das ist gar nicht so leicht zu beantworten, finde ich. Wenn das andere Menschen sind, mit denen man sich regelmäßig trifft, die man anruft oder denen man persönliche Nachrichten schickt, wenn man Probleme hat, oder denen man in jeder Situation die Wahrheit sagt, dann habe ich keine Freunde. In der Grundschule hatte ich zwei Freunde, mit denen ich mich oft getroffen habe. Sie waren bei mir, ich war bei ihnen und auf dem Schulhof standen wir zusammen herum. Doch nach dem Unfall wurde alles ganz anders. Ich hatte plötzlich keine Lust mehr, nachmittags irgendetwas zu spielen, und ich hatte auch keine Lust mehr, mich zu unterhalten, und dann kamen sie eh auf eine andere Schule.

Wenn Freunde Menschen sind, die zu einem halten, wenn es mal nicht so gut läuft, dann ist meine Klasse mein Freund. Denn irgendwie glaube ich, dass wir alle, so unterschiedlich wir auch sind, uns immer helfen würden, wenn einer von uns wirklich Hilfe braucht.

4

Noch nie zuvor hatte ich Papa derart hilflos gesehen. Dieser Riese, der für mich viele Jahre lang ein unbesiegbarer Kämpfer gewesen war, war nur noch ein Häufchen Elend. Sein Kopf lag neben einer grünlichen, leicht breiigen Flüssigkeit. Er hatte kotzen müssen, es aber offensichtlich nicht mehr rechtzeitig geschafft. Ich stellte mir vor, wie er zum Klo gerannt war und ihn unmittelbar vor dem Ziel die Kräfte verlassen hatten. Ich schüttelte den Kopf und fragte mich, in was für einen Alptraum ich plötzlich geraten war.

„Papa?!"

Zitternd stand ich neben ihm und schaute auf ihn herab. Ich begann zu schluchzen, obwohl ich doch nun wirklich das Gegenteil von einer Heulsuse war. Natürlich hatte ich nach dem Unfall viel geweint, aber irgendwann hatte ich mich ausgeheult. Als hätte es irgendwo in meinem Körper einen Tränenspeicher gegeben, den ich leer geweint hatte. Inzwischen schien er sich wieder gefüllt zu haben. Ich kniete mich neben Papa und tastete nach dem Puls an seinem Handgelenk, den ich zum Glück sofort fand. Er schlug so kräftig, dass ich nicht den Notarzt rief, was ich andernfalls getan hätte. Stattdessen befeuchtete ich einen Lappen und tupfte erst seine Stirn und dann sein ganzes Gesicht ab, bis Papa mit geschlossenen Augen nach dem Lappen tastete, um ihn sich selbst ins Gesicht zu drücken.

„Papa?", sagte ich leise, um ihn nicht zu erschrecken.

„Max, bist du das?", flüsterte er wie ein schwerkranker Mensch kurz vor seinem Tod.

„Ja", sagte ich und schenkte es mir zu fragen, wer es denn sonst hätte sein sollen.

Inzwischen hatte ich zu schluchzen aufgehört und half ihm, sich aufzurichten, was bei seiner Größe und seinem Gewicht gar nicht so einfach war. Kaum stand er, wankte er und setzte sich aufs Klo – in letzter Sekunde war es mir gelungen, wenigstens den Deckel runterzuklappen, damit es nicht ganz so ungemütlich für ihn war. Als er dort saß, stützte er seine Ellenbogen auf die Knie und seinen Kopf auf die Hände.

„Oh mein Gott", sagte er, obwohl er es mit Gott nicht so hatte.

Erst jetzt merkte ich, wie sehr er aus jeder Pore stank. Ich wusste, wie er und andere Männer nach dem Training rochen - nach Schweiß riechende Männer waren für mich normal. Und ich kannte meinen Pfefferminz-Papa. Aber dieser

Geruch war etwas komplett anderes. Es roch, als würde er beginnen zu verfaulen. Wieder begann ich zu schluchzen.

„Max … nicht. Heute Morgen war mir plötzlich übel … ich muss auf der Arbeit was Falsches gegessen haben. Geht aber wieder besser."

Ich nickte und wischte mir die Tränen aus dem Gesicht.

„Ich mache hier gleich sauber und dusche. Gehst du vielleicht einkaufen?"

„Soll ich dir nicht lieber helfen?", fragte ich.

„Nein … nein. Schau in den Kühlschrank, was fehlt, und nach dem Einkaufen erzählst du mir von der Schule, okay?"

Ich nickte. Darauf freute ich mich sogar! Wie lange hatte er mich nicht mehr gebeten, etwas von der Schule zu erzählen? Und es war ja nicht so, dass es nicht ziemlich viel zu erzählen gegeben hätte. Als ich vom Einkaufen wiederkam, konnte ich ihm allerdings nichts erzählen. Denn er schlief. Die Kotze hatte er weggewischt, und geduscht und einen Pfefferminzbonbon gelutscht hatte er auch.

Ich packte meine Einkäufe aus – Butter, ein Zwölferpack Eier, vier Tiefkühlpizzen (Salami), zwei Kilo Spaghetti, vier Gläser Tomatensoße, drei Tüten Parmesan, Toast und ein Riesenglas Nutella – und räumte sie weg. Während ich das tat, dachte ich, dass es eigentlich praktisch war, nicht nur allein einzukaufen, sondern auch allein zu essen. Von Noah und Adrian wusste ich zum Beispiel, dass es in ihren Familien ein striktes Nutella-Verbot gab. Ich wiederum aß *jeden* Morgen Nutella, und nicht zu knapp! Wie ich bezahlte? Mit meiner EC-Karte. Als ich begonnen hatte, regelmäßig einkaufen zu gehen, hatte Papa mir einen größeren Betrag überwiesen.

„Das ist für den Supermarkt und solche Sachen. Gib es nicht für Unfug aus", hatte er gesagt.

Wieder musste ich an den Unfall denken. Vor allem daran, wie ich Papa einige Wochen später gefragt hatte, ob wir jetzt in eine kleinere Wohnung ziehen müssten. Papa hatte den Kopf geschüttelt.

„Mama hat viel Geld verdient und die Wohnung gekauft. Und Ersparnisse haben wir auch."

Und dann hatte er begonnen, als Nachtwächter zu arbeiten. Insofern hatten wir es doch gut, dachte ich. Denn ich wusste von Andrei, Aala und Bülent, dass sie ständig irgendwelche Anträge bei Herrn Saß abgaben: Bülent hatte ich danach gefragt, und er hatte erzählt, dass seine Eltern kein Geld für Schulbücher oder Klassenfahrten hätten und sie deshalb immer diese Zettel ausfüllen müssten.

Als ich in meinem Zimmer war, ließ ich mich aufs Bett fallen, las die ungefähr dreißig Nachrichten in der Klassengruppe, in der über Frau Schneider geschimpft wurde, und die drei persönlichen Nachrichten von

1.) Adrian:
Tut mir leid, dass du
nach Hause geschickt worden bist.

2.) Inci:
Das wird Thema
im nächsten Klassenrat!

3.) Und Anessa (!):
Wie geht es deinem Kinn???

Ich lächelte zum ersten Mal an diesem Tag und schrieb:

Gut, danke.

Sollte ich noch mehr schreiben? Aber wenn ich es tat, was würde sie dann denken? Ich tippte:

Wie fandest du

eigentlich die Mathearbeit?

Sollte ich sie das wirklich fragen? Und interessierte mich das eigentlich? Nein, nicht wirklich. Was mich interessierte war, an welche Träume sie sich erinnerte, wenn sie aufwachte. Ob sie, die so still war, gern mal laut schreien würde. Ob sie auch so gern bei Regen Fahrrad fuhr, weil sich die Tropfen anfühlten wie kleine Küsse. (Wie Mamas Kussattacken, wenn sie abends von der Arbeit oder von einer Dienstreise zurückgekommen war.) Ob sie gern Nutella aß und wenn ja, ob sie es sich auch so gern auf einen warmen Toast auf eine Schicht Butter schmierte. Woran sie dachte, wenn sie während des Unterrichts an die Decke starrte. Wie ihre Eltern reagierten, wenn sie eine schlechte Arbeit unterschreiben mussten. Meinem Vater würde ich die Arbeit, meine erste Sechs, am Abend zeigen müssen. Und ich hatte keine Ahnung, ob er darauf überhaupt reagieren würde.

Anstatt auf „Senden" zu drücken, zockte ich eine Stunde und schrieb anschließend in mein 41. Notizbuch. Das Tolle daran war, dass beim Schreiben die Zeit so schnell verstrich.

Als ich fertig war, packte ich meine Sachen, schickte die Nachricht an Anessa und radelte zum Training.

In der Umkleidekabine zogen sich gerade die Jungs, die beim Anfängertraining gewesen waren, um. Und ich traute meinen Augen nicht, als ich einen der Jungs erkannte. Murat! Sein Arm schien nicht gebrochen zu sein. Als er mich sah, lachte er und begann sofort zu reden.

„Ich … also ich fand das echt cool, wie du mir heute den Arm verdreht hast. Das ging so schnell, und kurz dachte ich, du hast mir wirklich den Arm gebrochen. Und Vincent hat dann gesagt, dass du Taekwondo machst. Und dann habe ich meinem Papa gesagt, dass ich das auch machen will, und der kannte irgendjemanden, der hier trainiert. Und dann sind wir gleich heute gekommen. Gerade war ich bei meinem ersten Training. War cool, aber wie ich jemandem den Arm verdrehe, weiß ich noch immer nicht. Ich weiß nur, dass mir meine Füße wehtun."

„Deine Füße gewöhnen sich daran", sagte ich und war mir sicher, dass ich Murat noch nie so sympathisch gefunden hatte wie in diesem Moment.

In der Halle wurde ich von Zeynep und Martin begrüßt. Während Zeynep die letzten Anfänger aus der Halle verscheuchte, fragte Martin wie immer nach Papa. Ich erzählte ihm, dass er Bauchschmerzen gehabt habe. Seitdem ich Martin kannte, hatte er noch nie das Training auch nur eine Minute zu spät begonnen. Noch nie. Deshalb wunderte ich mich darüber, dass er begann, mir Fragen zu stellen. Er wollte alles, wirklich alles genau wissen. Er fragte sogar, ob Papa komisch gerochen hätte, was mich überraschte. Schließlich nickte er und begann das Training mit fünfminütiger Verspätung. Ich merkte schnell, dass ich besonders gut in Form war, und trat manchmal wahrscheinlich einen Tick zu kräftig zu.

„Max, das ist nur Training!", sagte Zeynep mehrmals zu mir.

Ja, es war nur Training. Aber es war Kampftraining! Und das hieß, dass wir Schienbein-, Fuß- und Unterarmschoner, einen Tiefschutz für unsere Eier, eine Kampfweste und einen Kopfschutz trugen, obwohl wir Unter-Vierzehnjährigen noch gar nicht zum Kopf treten durften, und mit der Faust zum Kopf durfte man eh nicht schlagen. Also war der Kopfschutz eher überflüssig. Die Kampfweste war aus so einer Art Schaumstoff und bedeckte den ganzen Oberkörper. Man musste schon einen harten Treffer landen, damit der Gegner durch die Weste hindurch etwas spürte. In diesem Augenblick wurde ich wieder angegriffen. Anstatt nach hinten auszuweichen, ging ich einen Schritt nach vorn und stoppte den Angriffsversuch mit der Faust. Wenn die Weste ein Brett gewesen wäre, wäre es bestimmt zerbrochen. Und so sah mein Gegner auch aus. Mike hieß er, war schon fünfzehn, zehn Zentimeter größer und bestimmt zwanzig Kilo schwerer als ich.

„Nicht so doll", jammerte er.

Ich nickte. Dann griff ich ihn an. Mit dem vorderen Bein zielte ich direkt auf die Weste, und als Mike zurückwich, drehte ich mich einmal auf dem vorderen Fußballen und traf jetzt mit dem Hinterbein. Ich versenkte meine Ferse geradezu in Mikes Weste, und wieder jammerte er. Was sollte das? Wer bei jedem Treffer jaulte wie ein Hund, dem man auf den Schwanz tritt, sollte lieber Schach spielen. Nicht, dass ich etwas gegen Schach hätte. Bevor Papa begonnen hatte, tagsüber zu schlafen, hatten wir oft Schach gespielt. Schach war auch Kampfsport, aber nur psychischer Kampfsport – vielleicht lag Mike das ja mehr.

„Max!", brüllte Martin.

„Schon gut!", brüllte ich zurück und suchte mir für die nächste Runde den wahrscheinlich besten Kämpfer Erhan aus.

Er war siebzehn und hatte schon einige Turniere gewonnen. Da er es nicht für nötig hielt, mir wenigstens zuzulächeln, schaute ich in Richtung Restaurant. Am Tisch, an dem Mama, Papa, Lena und ich damals die Prüfung gefeiert hatten, saß Murat! Ihm gegenüber saßen zwei Männer, so Schränke wie Papa. Der eine ohne Haar auf dem Kopf, aber mit viel Haar im Gesicht, der andere mit einer Platte Stoppelhaaren und steil ausrasiertem Nacken. Murat zeigte auf mich, und sein Vater und sein Onkel oder wer auch immer diese Männer waren, grinsten mich an. Wollten sie mich nach dem Training verprügeln? Gegen die beiden hätte ich eher keine Chance. Sollte ich Martin Bescheid sagen? Ach was, noch hatten sie ja nichts getan.

Endlich begann der Kampf.

„Ich bin kein Weißgurt", fauchte ich, als Erhan nichts weiter tat als auszuweichen.

Er lachte, griff mich immer wieder an und sagte zwei Minuten später:

„Wenn du häufiger trainieren würdest, dann wärst du so richtig gut. Hat dein Vater nicht auch mal Taekwondo gemacht?", fragte er.

Ich nickte und begriff, dass Papa langsam in Vergessenheit geriet. Diese gut gemeinte Frage war ein weiterer schrecklicher Moment an einem Tag, der fast nur aus schrecklichen Momenten bestand.

Als ich mich nach dem Training umzog, kam Murat mit den beiden Männern in die Umkleidekabine. Sie bauten sich vor mir auf. Erhan schaute mich mit fragendem Blick an, Mike schaute auf den Boden. Ich zuckte die Achseln, wie um zu sagen, dass ich keine Ahnung hatte, was die drei von mir wollten.

„Du hast meinem Sohn heute den Arm verdreht?", fragte der Bärtige.

Ich nickte. Ich hätte natürlich sagen können, dass Murat mich angegriffen hatte. Aber das hätten sie eh nicht geglaubt, wenn Murat es nicht selbst erzählt hatte. Jetzt standen die beiden Männer vor mir und grinsten um die Wette. Murat schien nicht so recht zu wissen, wie er sich verhalten sollte und schaute wie Mike auf den Boden. Erhan wiederum stellte sich neben mich, ohne von den beiden Männern beachtet zu werden. Jetzt hob der Bärtige die Hand, aber er bewegte sie so langsam auf mich zu, dass es nicht besonders bedrohlich wirkte. Dann legte er seine Hand auf meinen Kopf, als würde er mich taufen wollen.

„Danke!", sagte er.

Und der andere:

„Murat hat das mal gebraucht! Und …"

Er machte eine Pause, als müsste er überlegen, was er noch zu mir sagen könnte. Als er fertig überlegt hatte, sagte er:

„Du bist ein super Kämpfer. Ab heute denke ich nie wieder schlecht über Jungs mit langen Haaren."

So wie er das sagte und mich dabei anschaute, schien er es ernst gemeint zu haben. Auch Erhan klopfte mir auf die Schulter, dann ging er duschen, was ich immer erst zu Hause tat.

Was für ein Tag! Und er war noch nicht zu Ende …

Als ich mein Fahrrad aufschloss, stand Martin plötzlich neben mir.

„Warte, ich komme mit. Ich möchte mit deinem Vater reden", sagte er.

„Ist jetzt nicht Erwachsenentraining?", fragte ich.

„Macht heute mal Zeynep allein, die kann das."

„Na gut", murmelte ich.

Schließlich war Martin viel mehr für Papa als sein erster Trainer. Eigentlich war er immer wie ein Vater für Papa gewesen, und wahrscheinlich hatte er mich auch deshalb oft wie einen Enkel behandelt. (Jedenfalls stellte ich mir vor, dass man so seine Enkel behandelt.)

Martin fuhr wie ich bei jedem Wetter – auch bei minus zehn Grad – mit dem Fahrrad zum Training. Auf dem Weg unterhielten wir uns, aber ich hatte die ganze Zeit den Eindruck, dass Martin mit seinen Gedanken woanders war. Ich selbst dachte an den Unfall und fragte mich: Warum sind Papa und ich am Tag meiner ersten Prüfung eigentlich nicht wie üblich mit dem Rad zum Training gefahren? Ich glaube, weil wir geplant hatten, alle gemeinsam nach Hause zu fahren. Oder hatte Lena keine Lust gehabt? Ich wusste es nicht mehr.

In der Wohnung führte ich Martin zu Papas Arbeitszimmer. Martin betrat es ohne anzuklopfen. Papa war inzwischen aufgestanden, saß an seinem Schreibtisch und starrte an die Wand. Jetzt schaute er Martin vollkommen verwirrt an. Martin nickte mir zu – ich sollte rausgehen und die Tür hinter mir schließen, sagte sein Blick. Ich tat es, lauschte aber.

Viel hörte ich nicht, denn Martin flüsterte, als wüsste er ganz genau, dass ich vor der Tür stehen geblieben war. Das Einzige, was ich verstand, war:

„… du musst es ihm sagen …"

Und:

„… trainiere wieder, dann schaffst du es vielleicht …"

Wer „ihm" war, war mir klar. Das war ich. Aber *was* musste Papa mir sagen? Und *was* musste er „schaffen"? Ich meine, dass es Papa nicht gut ging, war offensichtlich. Und ich wusste, woran es lag. Und das wusste auch Martin. Aber war Papa vielleicht sogar richtig krank? Ging es ihm viel schlechter, als ich es jemals für möglich gehalten hatte? Versteckte er etwas vor mir? Hatte er vor lauter Kummer Krebs bekommen? Nahm Papa irgendwelche Drogen? Martin selbst sagte nichts, als er ging. Nur, dass er sich freuen würde, wenn ich wieder häufiger zum Training käme.

Als Martin fort war, bereitete ich Essen zu. Es gab mal wieder Spaghetti mit Tomatensauce aus dem Glas. Ich tat immer noch ein bisschen Salz und Pfeffer und Sahne dazu, dann schmeckte es besser.

Papa war noch stiller als sonst und schaute ständig auf die Uhr. Es war acht, und meistens ging er um halb neun los. Um ihm einen Anlass zu geben, endlich seinen Mund aufzumachen, zeigte ich ihm die Mathearbeit und war gespannt auf seine Reaktion. Doch die blieb aus: Er unterschrieb die Arbeit kommentarlos.

„Papa … hast du dir die Note überhaupt angeguckt?", fragte ich, und meine Stimme zitterte dabei.

Papa schaute auf die Note und starrte sie einige Sekunden lang an, als hätte er vergessen, ob eine Sechs eine gute oder doch eher schlechte Note war. Dann schien es ihm eingefallen zu sein.

„Kann ja mal passieren", sagte er, als sei eine Sechs in Mathe ein kleiner Ausrutscher und nicht der Rede wert.

Statt mich wenigstens zu fragen, warum ich während der Arbeit offensichtlich einen Totalblackout gehabt hatte, stand er auf und zog sich an.

„Wohin willst du?"

„Zur Arbeit."

„Gehst du wirklich zur Arbeit?"

„Ja, wirklich", sagte er mit einem Tonfall, als würde er verstehen, dass ich ihm nicht mehr glaubte.

Kaum fiel die Tür ins Schloss, fasste ich einen Entschluss. Ich wusste nicht, ob das, was ich vorhatte, sich nicht vielleicht als Wahnsinnsfehler entpuppen würde. Aber das war mir egal. Ich wollte … ja ich musste Gewissheit haben, was Papa genau machte. Ich zog mich an und sah, als ich vor der Haustür stand, Papa, der es noch nicht weit geschafft hatte. In diesem Moment holte er etwas aus seiner Umhängetasche, die er immer mit zur Arbeit nahm, und führte etwas zu seinem Mund. Wahrscheinlich einen Pfefferminzbonbon. Ich folgte ihm im Abstand von etwa zwanzig Metern, was nicht besonders schwer war. Denn er drehte sich kein einziges Mal um. Zuerst ging er durch unser Wohnviertel, dann weiter durch die Geschäftsstraße, in der kaum mehr etwas los war, am Bahnhof vorbei, und hinter dem Bahnhof bog er in eine Straße ein, in der ich noch nie in meinem Leben gewesen war und bei der es sich vermutlich um die einsamste Straße in der ganzen Stadt handelte. Ich hatte das Gefühl, durch eine düstere Häuserschlucht zu gehen, um die man im Normalfall lieber einen Bogen gemacht hätte. Aber in meinem Leben gab es den Normalfall schon seit Jahren nicht mehr. Genau hier, wo sonst kein Mensch war, betrat er ein Gebäude, bei dem es sich um ein fünfstöckiges Wohnhaus handelte. Hätte er sich umgedreht, hätte er mich sofort gesehen. Aber er tat es nicht. Einen Augenblick später stand ich vor dem Wohnhaus, in dem mein Vater als Nachtwächter arbeitete, wie er behauptete. In den insgesamt zwanzig Fenstern in Richtung Straße hingen zugezogene, rote Vorhänge. In großen Leuchtbuchstaben stand oberhalb der Tür das Wort: E – R – O – S

Keine Ahnung, was das bedeutete. Direkt an der Tür hing ein Schild mit den Worten:

Herzlich willkommen

Eintritt ab 18

Ich würde erst in viereinhalb Jahren achtzehn sein. Aber das war mir egal. Ich zog mir die Kapuze meines Pullovers tief ins Gesicht und öffnete die Tür zu Papas Arbeitsplatz.

***

Papa, du warst mein Held.

Du konntest minutenlang Seilspringen, und das Seil hast du so schnell bewegt, dass man es kaum sah. Manchmal war es, als hättest du zwischen den Umdrehungen getanzt.

Du konntest vorlesen wie kein anderer Mensch auf der ganzen Welt. Du hast immer nur kurz ins Buch geguckt und dann wieder zu mir oder zu Lena und uns immer das Gefühl gegeben, das Buch quasi mit uns teilen zu wollen. Und beim Lesen hast du geflüstert oder gebrüllt und dabei mit der Hand, mit der du nicht das Buch gehalten hast, den Text mit Gesten wie ein Dirigent begleitet. Und du hast schnell, fast atemlos, oder langsam und jedes Wort betonend gelesen. Du warst der Vorlesegott! Wann liest du mir endlich die letzten dreißig Seiten des letzten Harry-Potter-Bandes vor?

Du hast mich auf Föhr auf den Schultern getragen, und als Lena sich beschwerte, durfte auch sie sich eine Weile von dir tragen lassen, obwohl sie schon acht war … und dann … ja dann auch Mama, und nie zuvor hatten Lena und ich Mama so lachen sehen.

Du warst auch immer da für uns, wenn Mama mal wieder auf Dienstreise war. Du bist mit uns zum Arzt gegangen und hast mit uns einmal stundenlang in der Notaufnahme gesessen, weil Lena sich mit einem Obstmesser fast den Finger abgeschnitten hätte. Aber das Warten war egal – denn du warst ja da.

5

Ich ging die Treppen hoch und landete in einem langen Flur. Was ich dort sah, konnte ich zuerst nicht glauben. Vermutlich begann deshalb mein Herz zu rasen, und weil sich meine Beine plötzlich eigenartig taub anfühlten, blieb ich mitten im Flur stehen.

Hatte ich Angst? Ich denke schon. Wahrscheinlich davor, erwischt zu werden. Schließlich hielt ich mich an einem Ort auf, an dem ich nicht sein durfte, weshalb ich meinen Blick senkte und versuchte, das Geschehen aus den Augenwinkeln zu beobachten. Immerhin war ich nicht der Einzige, der nicht erkannt werden wollte. Ich hatte jedenfalls den Eindruck, dass die anderen Männer, die wie ich allein unterwegs waren, ebenfalls ihre Mütze beziehungsweise ihre Kapuze tief ins Gesicht gezogen hatten. Trotz meiner Angst schaffte ich es, einigermaßen klar zu denken. Deshalb begriff ich auch recht schnell, dass Papas Arbeitsplatz definitiv weder ein Kaufhaus noch ein Bürogebäude war oder irgendetwas, wovon man in meinem Alter eine genaue Vorstellung hatte.

Auf jeder Seite des Gangs befanden sich Türen, und in den Türen standen ausschließlich Frauen, meistens gegen den Rahmen gelehnt. Oder sie saßen bei geöffneter Tür auf einem Bett und schauten auf ihr Handy, und alle sahen aus, als würden sie am liebsten in einen Swimmingpool hüpfen. Denn sie trugen nur einen Bikini. Es war kein Zweifel möglich. Ich befand mich mitten in einem Bordell.

Ich wusste, dass einige Männer in solche Häuser gingen und den Frauen, also genauer gesagt den Huren, Geld bezahlten, um mit ihnen eine Zeit lang allein zu sein und Sex miteinander zu haben. Sie knutschten rum und machten noch andere Sachen. Halt das, was man manchmal in Filmen sieht. Aber ich hatte keine Ahnung, was *genau* ablief, sobald sich ein Mann für eine der Frauen entschieden hatte und mit ihr aufs Zimmer ging.

Einen Augenblick vergaß ich mitten im Flur stehend meine Angst. Denn ich musste an Aala und Riad denken, weil ich mir ziemlich sicher war, dass „Hurensohn" das Schlimmste war, was man zu Arabern sagen konnte. Aber sagte man eigentlich auch „Hurentochter"? Nee, oder? Dann sagte man vermutlich eher: „Deine Mutter ist eine Hure!" Aber so genau wusste ich das natürlich nicht, weil sie sich ja meistens auf Arabisch beleidigten. Wenn ich noch eine Mutter gehabt hätte, wie hätte ich dann wohl reagiert, hätte wer auch immer behauptet, sie sei eine Hure?

Wahrscheinlich hätte ich gesagt: „Nein, das stimmt nicht. Da bist du nicht gut informiert." Und wenn sie es tatsächlich gewesen wäre? Dann wäre ich halt ein Hurensohn. Ich fand jetzt nicht, dass die Frauen abgesehen von ihrer komischen Kleidung aussahen, als müsste man sich schämen, wäre man ihr Sohn.

Ich schüttelte den Kopf. Ich wollte meinen Vater suchen, doch stattdessen dachte ich über so einen Quatsch nach. Als ich merkte, dass das Taubheitsgefühl in meinen Beinen nachgelassen hatte, ging ich langsam ein- und ausatmend weiter und stellte mir viele Fragen, aber nur eine Frage stellte ich mir immer wieder: Worin bestand Papas Aufgabe, wenn er hier jede Nacht arbeitete? War er so eine Art Hausmeister?

Nicht nur das Taubheitsgefühl hatte nachgelassen, sondern auch mein Herz begann wieder in einem normalen Rhythmus zu schlagen. Wahrscheinlich wurde ich ruhiger, weil sich niemand an meiner Anwesenheit zu stören schien. Papa sah ich allerdings nirgendwo. Stattdessen sah ich eine Gruppe aus vier Jungs, die bei uns in die Oberstufe hätten gehen können und die eher so wirkten, als wollten sie, dass sie jeder sah. Sie waren bestens gelaunt und sprachen ziemlich laut eine Frau nach der anderen an.

Diejenige, die mit einem Mann sprach, der allein gekommen war, war hellblond, hatte mehrere Tätowierungen – Herzen und solche Sachen – und sprach mit irgendeinem Akzent. Und die beiden Frauen, die mit der Gruppe diskutierten und dabei wild gestikulierten, sprachen Englisch, was ich besonders spannend fand. Denn man hörte, dass das nicht ihre Muttersprache war.

Obwohl ich den Eindruck hatte, dass die Frauen alle ziemlich nett waren, reagierte ich nicht auf die „Hellos" und „Hallos", die mir zugeworfen wurden. Denn erstens hätte ich nicht gewusst, worüber ich mich genau mit den Frauen hätte unterhalten sollen. Zweitens machten sie ja Sex mit den Männern, und das war mir eher unheimlich. Drittens hatte ich nur 12 Euro und 30 Cent im Portemonnaie und wusste nicht, ob das reichte, mit einer der Frauen wenigstens einen Tee trinken und ein bisschen quatschen zu dürfen. Aber wenn ich mir jemanden hätte aussuchen müssen, hätte ich am ehesten eine Frau gefragt, die Englisch sprach. Mein Englisch war zwar recht gut, aber ein bisschen Training konnte mir nicht schaden. Ach ja, und ein „Viertens" gab es auch noch: Ich war erst 13. Für mein Alter war ich groß und kräftig und ging mit viel Fantasie als Sechzehnjähriger durch, aber nicht als Achtzehnjähriger. Zumindest dann nicht, wenn man genau hinsah. Und wie würde so eine Frau wohl reagieren, wenn sie merkte, dass ich kein Erwachsener war? Würde sie die Polizei rufen?

Dann fragte ich mich wieder: Was machte Papa hier eigentlich? Er stand bestimmt nicht in einem Bikini in irgendeiner Tür und sprach mit den Männern, die kamen. Und ein Hausmeister arbeitete doch eigentlich tagsüber, oder?

Inzwischen war ich im dritten Stock angelangt, der sich nicht von den anderen beiden Stockwerken unterschied. Gerade wollte ich mich auf den Weg in den nächsten Stock machen, als sich eine Frau mit einem Mann zu streiten begann. Keine zehn Meter von mir entfernt! Der ziemlich dicke Mann war mindestens fünfzig Jahre alt und brüllte die Frau an. Dabei lallte er so wie Menschen in Filmen, wenn sie zu viel Alkohol getrunken hatten.

„Für zwanzig mache ich gar nichts!", sagte die Frau.

Komischerweise war mein erster Gedanke, dass meine 12 Euro 30 dann natürlich wirklich nicht gereicht hätten. Der Mann wurde wütend und begann am ganzen Körper zu zittern. Wie eine Bombe, die kurz vor dem Hochgehen vibrierte. Der Mann sah auch aus wie eine Bombe. Und zwar wie eine Atombombe.

„Bin ich dir nicht gut genug, oder was? Für dich sind zwanzig viel zu viel, du Dreckstück."

Plötzlich schubste der Dicke die Frau zurück in ihr Zimmer, und es klang so, als würde sie dort stürzen.

„Nicht", schrien zwei Frauen gleichzeitig, die ihrer … Kollegin auf ihren sehr unpraktischen Schuhen mit dünnen Absätzen zur Hilfe eilten.

Eine von ihnen war lang und dunkelhäutig und die andere klein und noch dicker als der pöbelnde Mann, der – ich konnte es kaum glauben – nach den Frauen trat. Wirklich gefährlich war das nicht, weil er offensichtlich nie gelernt hatte, wie man so trat, dass man auch traf. Mir reichte es jetzt. Gut, ich war erst 13. Aber wenn die Männer alle weggguckten oder wie Angsthasen weggelaufen waren, dann blieb ja nur noch ich übrig. Letztendlich musste ich aber doch nicht helfen. Denn in diesem Moment hallte ein männliches „Stopp" durch den Flur. Während ich mich darüber wunderte, warum mir die Stimme so bekannt vorkam, sah ich, wie sich ein riesiger Mann in schnellen Schritten auf den Dicken zubewegte. Und dieser riesige Mann war …

Papa!

Ich zog die Kapuze noch tiefer ins Gesicht und sah trotzdem, wie er den Dicken am Arm packte und offensichtlich kräftig zudrückte. Denn er stöhnte auf und sagte:

„Schon gut ... war nicht so gemeint. Ich gehe ja schon."

Zum Glück schaute niemand in meine Richtung. Denn ich fühlte mich wie gelähmt, weshalb ich weder weggucken noch meine Kapuze tiefer ins Gesicht ziehen konnte. *Das* war also Papas Aufgabe! Er beschützte die Frauen, die hier arbeiteten. Aber warum hatte er mir das nie erzählt? Da er es nie getan hatte, wollte er bestimmt auch nicht, dass ich ihn danach fragte. Aber ich schwor mir, es trotzdem zu tun.

Als der Mann und auch Papa, bei dem sich die Frauen überschwänglich bedankt hatten, fort waren, begann ich wieder, meinen Körper zu spüren. Im Laufschritt verließ ich den Gang, sprang im Treppengeschoss die Treppen viele Stufen auf einmal nehmend und mich dabei wie ein Parkour-Freak am Geländer festhaltend herunter, riss die Tür von Papas Arbeitsplatz auf und eilte durch die Nacht nach Hause. Eine Stunde später lag ich in meinem Bett, rätselte über Papa und stellte mir Fragen über Fragen. Genaugenommen waren es aber immer dieselben Fragen:

Warum arbeitete er jede Nacht, schaffte es aber nicht, zu trainieren?

Warum sorgte er für diese Frauen, interessierte sich aber nicht für meine Sechs in Mathe?

Es war Mitternacht, als ich zum ersten Mal seit dem Training aufs Handy schaute. Viele, viele Nachrichten in der Klassengruppe. Und Anessa hatte an mich persönlich geschrieben! Und zwar Folgendes:

Die Mathearbeit war schrecklich.
Und wenn ich etwas schrecklich finde
oder nicht weiß, dann schaue ich
immer an die Decke. Aber dort stehen
dann leider auch keine Antworten.
Warum hast du nichts geschrieben?

Ich tippte:
Lange Geschichte!!!

Ich legte das Handy auf den Nachttisch und knipste die Lampe aus. Doch dann vibrierte es. Anessa!

Erzählst du sie mir?

Ich antwortete:
Gern!

Nachdem ich auf „Senden" gedrückt hatte, fragte ich mich, ob Anessa nun in ihrem Bett lag und darauf wartete, dass ich ihr *jetzt* meine „lange Geschichte" erzählte. Wahrscheinlich tat sie genau das, denn sie hatte meine Antwort schon gelesen. Aber ich konnte unmöglich alles ins Handy tippen, denn das wäre ja ein Roman geworden. Ein Handyroman sozusagen. Sollte ich eine Sprachnachricht aufnehmen? Nein, das war eh nicht so mein Ding, und ich wusste nicht, ob das nicht irgendwie ein bisschen zu aufdringlich war. So gut kannten wir uns ja nicht. Ich überlegte, dann tippte ich:

Ich erzähle sie dir, wenn wir
mal länger Zeit haben.

Antwort:
Freue mich!!!

Und dann:
Gute Nacht!!!

Und ich:
Auch gute Nacht!!!

Anschließend lag ich eine Weile auf dem Rücken und grübelte. Würden wir tatsächlich „mal länger Zeit haben"? Sollte ich sie einfach fragen? Nein, das war unmöglich. Denn ich konnte sie wegen Papa weder zu mir noch konnte ich mich bei ihr einladen. So nach dem Motto:

„Hey, ich hätte heute Lust, bei dir Kekse zu essen!"

Nachdem ich mich müde gegrübelt hatte, wälzte ich mich von einer auf die andere Seite, aber ich schlief einfach nicht ein. Es war zu viel passiert. Viel zu viel. Inzwischen dachte ich nicht mehr an Anessa, sondern an Papa. War es *das*, was er mir „endlich" erzählen sollte? Dass er in einem Bordell arbeitete? Ich ärgerte mich. Sowohl über Martin als auch über Papa. Denn ich fand, dass beide daraus kein Drama machen sollten. Konnte ja sein, dass viele Menschen Papas Arbeit nicht so toll fanden. Papa war halt weder Arzt noch Anwalt. Sondern so eine Art Rausschmeißer. Na und? Er war ein Rausschmeißer, der Menschen beschützte, und deshalb war ich stolz auf Papa. Und das war ein schönes Gefühl, denn ich war lange nicht mehr wirklich stolz auf ihn gewesen. Wieder drehte ich mich. Aber egal, auf welcher Seite ich lag, schlafen konnte ich nicht. Also schaltete ich das Licht wieder ein, zockte eine Weile und las dann weiter im dritten und damit letzten Teil von *Der Herr der Ringe*. Es waren noch hundertsechsunddreißig Seiten bis zum Ende, das würde ich natürlich nicht mehr schaffen. Ich las und las, und dann hatte ich doch die letzten Zeilen gelesen. Krass. Obwohl es sehr spät sein musste, war ich merkwürdig wach. Ich stand auf, stellte das Buch ins Regal und sah den siebten Harry-Potter-Band. Bevor ich traurig werden konnte, hörte ich, wie sich ein Schlüssel im Türschloss drehte.

Heute kommt Papa ja mal früh nach Hause, dachte ich.

Dem war aber nicht so! Denn es war schon halb sieben. In einer halben Stunde würde mein Wecker klingeln. Ich lächelte, weil ich noch nie zuvor eine ganze Nacht lang gelesen hatte. Und weil ich Papa „Hallo" sagen konnte, wenn er von der Arbeit kam – das hatte ich noch nie getan. Ich sprang aus dem Bett, öffnete die Tür und sah Papa, der mich mit leerem Blick anschaute. Ohne mich zu beachten, taumelte er direkt ins Bad. Noch während er vor dem Klo auf die Knie sank, begann er zu kotzen, weshalb die Hälfte seiner Kotze auf den Kacheln landete.

Was für ein Horror.

***

Mein Leben ist gerade eine Katastrophe. Aber wie sieht mein Leben wohl in zehn Jahren aus? In zehn Jahren bin ich 23. Was macht man mit 23 überhaupt? Wahrscheinlich studiert man etwas, oder? Jedenfalls dann, wenn man das Abitur schafft. Und ich hoffe doch, dass ich es schaffe! Allerdings habe ich keine Ahnung, was ich studieren könnte. Will ich Arzt werden? Nee. Den ganzen Tag mit kranken oder verletzten Menschen zu tun haben, also ich frage mich, wer auf eine solche Idee kommt. Will ich Lehrer werden? Bloß nicht. Kindern, die nichts lernen wollen, etwas beibringen??? Will ich Richter werden? Nee, ein Richter wird doch immer belogen, weil ja niemand verurteilt werden will. Oder will ich so was machen wie Mama und viel Geld verdienen? Ja, viel Geld verdienen gern. Aber bestimmt nicht, wenn ich dafür von morgens bis abends arbeiten muss und nie Zeit habe. Und Polizist? Wenn man Polizist werden will, muss man nicht studieren, glaube ich. Aber Polizist sein bedeutet ja, sich die ganze Zeit anlabern lassen und ständig mit einer Waffe rumlaufen oder im Polizeiwagen hin- und herfahren oder sich mit durchgedrehten Fußballfans prügeln zu müssen. Nein, danke.

Ich hab's! Ich will nachmittags und abends Taekwondo-Trainer sein und vormittags Bücher schreiben. Wenn ich Taekwondo mache, vergesse ich immer die Welt um mich herum. Und wenn ich schreibe ... dann auch. Manchmal vergesse ich dann sogar die Zeit, und plötzlich ist mein Tee kalt.

Eigentlich will ich so werden wie Papa.

So, wie Papa früher war.

6

„Guten Morgen", sagte Frau Schneider.

„Guten Morgen, Frau Schneider", riefen wir zurück.

„Setzt euch", sagte sie, und wir setzten uns.

Ich konnte mich nicht entscheiden, ob ich dieses Aufstehen zu Beginn der Stunde für Kinderkram halten sollte oder ob es nicht doch seine Berechtigung hatte. Vor allem nach einer schlaflosen Nacht tat es mir jedenfalls gut. Kaum saßen wir wieder, warf Frau Schneider mir einen Blick zu, lächelte und sagte:

„Schön, dass du es heute geschafft hast."

Inci meldete sich, Frau Schneider rief sie auf.

„Frau Schneider, also ehrlich, die Mathearbeit …", begann sie im klassischen Inci-Tonfall.

Während sie wild gestikulierend Frau Schneider erklärte, warum die Mathearbeit viel zu schwer gewesen war, guckte Anessa an die Decke, Adrian und Noah zerbröselten mit einem Schlüssel einen Radiergummi, Bülent biss immer wieder von einem Schokoriegel ab und Aala las und schrieb unter dem Tisch Nachrichten und riskierte, dass Frau Schneider ihr Handy einkassierte. Der Rest der Klasse schaute abwechselnd Inci und Frau Schneider an und bestätigte durch dauerhaftes Nicken Incis Ausführungen. Na ja, nicht wirklich der Rest der Klasse. Ich zum Beispiel hatte keine Ahnung, ob Inci recht hatte. Ich hatte mir die Arbeit ja nicht mal richtig angeguckt. Und Andrei saß mal wieder wie eine Wachsfigur auf seinem Platz. Woran er wohl dachte? Vielleicht an seine Eltern, die entweder nicht mehr lebten oder die sich nie um ihn hatten kümmern können oder wollen? Wenn dem so war, dann hatten wir gerade etwas gemeinsam. Denn auch ich dachte an meine Eltern. Genauer gesagt an meinen Papa. Was war bloß los mit ihm? War er doch krank? Und wenn ja: Hatte er etwas Schlimmes? Aber wenn er etwas Schlimmes hatte, wie konnte er dann jede Nacht arbeiten? Und inzwischen wusste ich ja, dass er wirklich arbeitete. Ich nahm mir vor, ihn noch am Nachmittag nach der Schule danach zu fragen. Und nach dem Kinderbuch – er hatte doch immer einen zweiten Band schreiben wollen. Und ich nahm mir auch vor, ihn zu fragen, ob er nicht mit zum Training kommen wolle und …

„MAX!"

Diese Stimme. Sie klang wie ein Echo. Oder wie eine Stimme aus dem Weltall.

„MAX!"

Schon wieder diese Stimme. Aber das war doch nicht Frau Schneiders Stimme, sondern das war diejenige von … Herrn Saß! Was wollte der denn im Matheunterricht? Herrn Saß hatten wir doch erst in der dritten Stunde im Klassenrat.

Ich öffnete meine Augen. Alles war merkwürdig verschwommen. Nachdem ich einige Male geblinzelt hatte, sah ich tatsächlich Herrn Saß, der direkt vor mir stand. Er schaute mich sehr ernst an, was immer komisch aussah. Zu jemandem, der sich nie kämmte und nur selten rasierte und immer einen Kapuzenpulli trug, passte ein solcher Blick einfach nicht. Weil er das selbst wusste, schrie er vermutlich so oft. Zu Frau Schneider wiederum passte dieser strenge Blick hervorragend. Ob das daran lag, dass die Spitzen ihrer Haare exakt ihre Schultern berührten, als würde sie sie jeden Tag schneiden lassen, oder daran, dass sie einen oft über den Rand ihrer Brille geradezu fixierte, oder doch eher daran, dass sie stets Blusen trug, die wie am selben Tag gebügelt aussahen, wusste ich nicht.

„Max, hast du gut geschlafen?", fragte Herr Saß mit nun leiserer Stimme.

Alle lachten, aber wahrscheinlich hätte auch ich gelacht, wenn zum Beispiel Bülent eingeschlafen wäre. Inci begann, nachdem sich alle beruhigt hatten, mich zu verteidigen. Sie rief, dass man doch mal müde sein dürfe und dass man niemanden störe, wenn man ein bisschen schlafe. Ach Inci. Sie verteidigte immer diejenigen, die aus welchen Gründen auch immer gerade mit dem Rücken zur Wand standen. Weder Herr Saß noch Frau Schneider beachteten Inci, und Inci beließ es bei diesem Zwischenruf.

„Komm mal mit vor die Tür", sagte Herr Saß.

Nicht schon wieder, dachte ich. Wobei es am Tag zuvor genau umgekehrt gewesen war – da war ich der Einzige gewesen, der im Klassenraum hatte bleiben sollen.

„Was ist los?", fragte Herr Saß, als wir im Gang standen.

Er schaute mir in die Augen, und ich erwiderte seinen Blick. Aber ich antwortete nicht, weil ich gar nicht gewusst hätte, wo ich hätte beginnen sollen. Ich hatte nichts gegen Herrn Saß. Für einen Lehrer war er echt in Ordnung. Aber wie sollte ich allein das, was in der letzten Nacht geschehen war, in zwei Minuten erklären? Und länger hatten Lehrer nur selten Zeit, weil sie dann wieder irgendwo Aufsicht hatten oder noch was kopieren mussten.

„Du bist ein kluger Junge, vergiss das nicht! Wenn du in der nächsten Mathearbeit wieder dein Bestes gibst, dann vergesse ich diese Arbeit einfach, okay?"

Ich hatte gar nicht gemerkt, dass Frau Schneider neben Herrn Saß stand. Erst jetzt begriff ich, dass Fünf-Minuten-Pause war – ich schien fast die ganze Stunde verpennt zu haben.

„Wir können uns auch gern mal zusammen hinsetzen."

„Es liegt nicht an Mathe", zischte ich und hätte fast hinzugefügt, dass sie nicht ständig mit dem „klugen Jungen" kommen sollte, der ich in ihren Augen war.

Denn ich hatte den Eindruck, dass Lehrer das immer dann zu Schülern sagten, wenn sie sich gerade mal nicht so klug verhielten. So nach dem Motto: Du verhältst dich gerade so bescheuert, dabei bist du doch gar nicht soooo doof.

„Woran liegt es denn?", fragte Herr Saß.

Ich zuckte die Achseln.

„Okay Max, das hier ist sozusagen dein Arbeitsplatz. Das musst du einfach begreifen. Und am Arbeitsplatz darfst du nicht einschlafen. Stell dir vor, ein Rettungssanitäter schläft ein, wenn er gerade eine Herzdruckmassage begonnen hat."

Ich fand, dass der Vergleich hinkte. Aber ich wusste, worauf Herr Saß, der immer mit so einem Unfug kam, hinauswollte.

„Ich mache dir jetzt einen Vorschlag. Du lässt dir einen Termin bei Lydia geben. Und dann sprichst du mit ihr und ..."

Plötzlich sagte eine weibliche Stimme:

„Wie wäre es, wenn du *jetzt* mitkommst und wir einen Tee trinken?"

Lydia! Wo kam die denn her? Auch Herr Saß und Frau Schneider schauten Lydia verwirrt an. Ohne dass sie jemand gefragt hätte, sagte sie:

„Ich wollte gerade eine Mutter vom Sekretariat abholen, aber die ist nicht gekommen."

Ich schaute erst Herrn Saß an, der mir zunickte. Und dann Frau Schneider, und die nickte auch. Und zuletzt Lydia, die lächelte. Heute hatte sie ihre Haare zu ungefähr fünfzig Zöpfen geflochten. Wahrscheinlich hatte sie auch nicht geschlafen, sondern war die ganze Nacht mit ihren Haaren beschäftigt gewesen. Sie trug einen grünen Pullover mit Aufnähern, vor allem mit Sonnenblumen und Rosen, und einen Fliegenpilz entdeckte ich auch. Ihre Hose war lila und ihre Schuhe (wie ihr Pullover) grün mit gelben Schnürsenkeln. So wie sie vor mir stand, sah sie aus wie eine Pflanze, die in irgendeinem Urwald wuchs und noch nicht entdeckt worden war.

„Okay, dann trinke ich halt einen Tee und esse einen Keks", sagte ich.

Herr Saß nickte und versprach, mich im Musikunterricht zu entschuldigen. Und Frau Schneider gab mir einen Klaps auf den Kopf, worauf sie gern hätte verzichten können.

Einen Augenblick später saß ich bei Lydia und trank Früchtetee mit zwei Esslöffeln Zucker und aß einen Haferkeks nach dem anderen.

„Hast du heute nicht gefrühstückt?", fragte Lydia und lachte.

„Nee", sagte ich.

Tatsächlich wurde mir erst in jenem Augenblick bewusst, dass ich ohne Frühstück losgefahren war. Wie hätte ich das auch schaffen sollen? Ich hatte Papa den Mund abgewischt, ihn ins Arbeitszimmer gebracht und ihn auf seiner Matratze zugedeckt. Anschließend hatte ich seine Kotze weggemacht. Ich glaube, dass ich in meinem ganzen Leben nie etwas Ekligeres hatte tun müssen.

„Du bist ein so sportlicher Junge, du brauchst doch ein gesundes Frühstück. Machst du eigentlich in irgendeinem Verein Sport?"

Ich erzählte vom Taekwondo, und sie stellte dazu so viele Fragen, als sei ich nur deshalb gekommen. Und noch mehr Fragen stellte sie, als ich von Papa erzählte. Dass er früher einige Male deutscher Meister und später Trainer gewesen war. Natürlich erzählte ich vom Unfall, weil das zu Papas Taekwondo-Story dazugehörte, denn ohne den Unfall wäre er noch immer Trainer, und ich erzählte und erzählte, bis mir die Worte ausgingen und wir einen Moment lang schwiegen. Es war so, als wüsste sie, dass ich vom Reden eine Pause brauchte.

Dann klopfte es, und das passte mir gar nicht. Natürlich wusste ich, dass Lydia jeden Tag Gespräche führte und sie für alle da war und nicht nur für mich. Das Seltsame war, dass ich sie in diesem Augenblick mit niemandem auf der Welt teilen wollte. Und Lydia schien mir das anzusehen. Denn sie stand auf, wimmelte jemanden ab und hängte ein Schild an die Tür. Dann waren wir wieder allein.

„Vermisst du deine Schwester und deine Mutter noch immer sehr?", fragte sie.

Ich zuckte die Achseln, weil ich keine Ahnung hatte. Der Unfall lag über fünf Jahre zurück. Das war am Ende der zweiten Klasse gewesen, inzwischen war ich in der achten.

„Du kannst einfach sagen, was du denkst. All das bleibt übrigens unter uns. Das ist so wie beim Arzt. Der darf ja auch nichts über seine Patienten erzählen. Und ich darf nicht erzählen, was mir ein Schüler anvertraut."

Ob es irgendeinen Menschen gab, der sich in Lydias Nähe nicht wohlfühlte?

„Also … es ist manchmal noch immer komisch, an Lenas Zimmer vorbeizugehen, und noch komischer war es, als ich vor Kurzem mal reingeguckt habe, weil alles noch so aussieht wie damals. Nur staubiger ist es. Und manchmal bekomme ich Bauchschmerzen, wenn ich die Harry-Potter-Bände sehe, die in meinem Bücherregal stehen. Die hat Papa mir nach dem Unfall vorgelesen, kurz vor Schluss hat er aber aufgehört. Damit meine ich, kurz vor Schluss des letzten Bandes. So weit hat er meiner Schwester vorgelesen, müssen Sie wissen."

Lydia nickte und sah aus, als würde sie mir sagen wollen, dass sie das geahnt habe. Aber dann sagte sie nichts, und ich erzählte weiter.

„Und allein konnte ich nicht zu Ende lesen. Nicht mal die Filme hatte ich dann Lust zu schauen. Aber ich meine … es ist wie es ist, und Mama war früher eh oft weg. Nicht, dass Sie jetzt denken, dass es mir nicht ungefähr zehn Millionen Mal lieber wäre, wenn es diesen Unfall …"

Ich stockte.

„Nein, keine Sorge, das ist so ungefähr das Letzte, was ich denke. Und fehlen die beiden deinem Papa?"

Ich erzählte davon, wie er sich verändert hatte. Je mehr ich erzählte, desto mehr Notizen machte sie sich. Sie fragte ziemlich genau nach seinen Magenproblemen und den Pfefferminzbonbons, von denen ich anscheinend auch erzählt hatte. Auch von seiner Nachtarbeit erzählte ich, nur nicht davon, was er genau tat. Denn Papa schien nicht zu wollen, dass irgendjemand davon wusste.

„Bevor er geht, trinkt er da manchmal ein Bierchen zum Essen? Oder ein Gläschen Wein? Das machen ja viele Erwachsene", fragte Lydia und lächelte.

Mir war sofort klar, was sie in Wahrheit wissen wollte. Ob Papa ein Säufer war. Es war nicht so, dass ich nicht selbst schon mal daran gedacht hatte. Aber er hatte in meiner Gegenwart definitiv kein einziges Mal „ein Bierchen" oder ein „Gläschen Wein" oder etwas anderes mit Alkohol getrunken. Nie! Kein – einziges – Mal!

„Nein, er ist kein Säufer", sagte ich.

„Das meine ich nicht."

„Doch, das meinen Sie."

Daraufhin schaute sie mich lange an. Schließlich sagte sie:

„Du bist ein kluger Junge."

Bitte nicht.

„Jetzt denkst du bestimmt, dass ich dir das nur sage, weil ich in Wahrheit …"

„Ja, genau, das habe ich gedacht."

Und nachdem ich das gesagt hatte, geschah ein Wunder. Wir schauten uns an und lachten. Nicht nur so ein bisschen, sondern so richtig. Als wir ausgelacht hatten, fragte sie:

„Weißt du was? Wir laden deinen Vater einfach mal ein. Was meinst du?"

Ich nickte und sagte, dass sie ihn gegen sechs Uhr anrufen könne. Dann sei er fast immer wach.

Lydia begleitete mich nach dieser schönsten aller Schulstunden zum Klassenraum – der Klassenrat hatte gerade begonnen. Herr Saß und Lydia warfen sich ein Lächeln zu, und ich setzte mich in den Stuhlkreis. Es ging um die Schlägerei, und ich wurde gerade von Inci – von wem auch sonst – verteidigt. Noah meldete sich und berichtete davon, wie er an seiner Grundschule mal von einem Jungen geschubst worden und gefallen sei und er anschließend von den Sanitätern ein Pflaster erhalten habe. Daraufhin lachten einige, andere schüttelten genervt den Kopf, und Herr Saß stöhnte sehr laut. Das tat er oft, wenn Noah mit seinen Geschichten kam. Was Aala zu erzählen hatte, klang eindeutig dramatischer: Riads Cousins und Cousinen würden sie beleidigen und hätten angekündigt, zur Schule zu kommen.

„Und du, wie hast du auf die Beleidigungen reagiert?", fragte Herr Saß.

„Ich habe die dann auch beleidigt, aber die haben ja angefangen."

Herr Saß stöhnte zwar nicht, aber er rollte mit den Augen.

„Okay, Aala, ich meine, das steht ja auch in der Bibel, Auge um Auge, Zahn um Zahn, und ob so was auch im Koran steht, weiß ich nicht, aber glaub mir: Das bringt nichts. Wenn nicht irgendjemand einfach aufhört zu beleidigen oder eben zurückzubeleidigen, dann beleidigt ihr euch in zwanzig Jahren noch. Ich spreche dann halt zum siebenhundertsten Mal mit Frau Wagner, und tu mir einen Gefallen: Blockier Riad und alle Cousins und Cousinen …"

„Das ist dann aber auch eine Beleidigung!", sagte Bülent kauend.

Herr Saß seufzte.

„Nein, das ist keine Beleidigung, sondern eine Vorsichtsmaßnahme. Das ist der erste Schritt sich aus dem Weg zu gehen. Und hör auf zu essen."

Anschließend sprachen wir über den Ordnungsdienst. Das taten wir in jedem Klassenrat.

„Bülent hat gestern nicht die Tafel geputzt, obwohl er dazu eingeteilt war!", sagte Inci.

„Ich musste meinen Bus kriegen", sagte Bülent, und wieder rollte Herr Saß mit den Augen. Wahrscheinlich, weil das alle sagten, die es nach der letzten Stunde nicht schafften, die Tafel zu wischen.

Dann war der Klassenrat auch schon zu Ende.

Als ich zu meinem Fahrrad ging, schloss Anessa gerade ihr Rad auf. Also im Training gegen einen Siebzehnjährigen zu kämpfen war nichts im Vergleich dazu, Anessa zu fragen, ob wir nicht ein Stück gemeinsam fahren wollten. Aber das musste ich gar nicht. Denn sie sagte:

„Oh, das ist ja schön, dass du auch gerade losfährst. Du wolltest mir ja noch was erzählen."

**

Komische Gefühle

Gefühle sind etwas Seltsames. Vor allem ist es seltsam, wie der eigene Körper auf Gefühle reagiert.

Wenn ich zum Beispiel aufgeregt bin und mich dabei eher freue, dann klopft mein Herz plötzlich ganz schnell. Als ob es dafür einen Schalter gibt. Oder so eine Art Gaspedal. Manchmal klopft es so extrem, dass ich es zu hören glaube. Ich erinnere mich daran, dass wir mal ein kleines Theaterstück bei Herrn Saß eingeübt haben und es dann, als wir in der sechsten Klasse waren, den neuen Fünftklässlern und deren Eltern vorgespielt haben. Kurz bevor ich meinen Text aufsagen musste, begann mein Herz zu rasen.

Wenn ich aufgeregt bin und gleichzeitig Angst habe, dann klopft mein Herz auch. Aber gleichzeitig habe ich Magenschmerzen. Mir ist dann nicht übel oder so. Sondern es fühlt sich an, als würde man einen dicken Knoten in meinen Magen machen und ihn dann zuziehen. So ging es mir, als ich Papa das erste Mal in seiner Kotze habe liegen sehen.

Früher war ich manchmal auch so richtig glücklich. Zum Beispiel, als ich den Falken aus Lego geschenkt bekommen habe. Oder … ja … auch damals nach der ersten Prüfung. Dann habe ich immer das Gefühl, lachen zu müssen und kann mich gar nicht dagegen wehren, die ganze Zeit wie ein Honigkuchenpferd zu grinsen.

Nach dem Unfall war es monatelang umgekehrt. Da hatte sich so eine Traurigkeit über mich gelegt. Es war so, als würde ich unter einer Decke liegen, todmüde sein, aber nicht einschlafen können.

All diese Gefühle kennt ja jeder. Man hat ein bisschen oder ganz viel Angst. Man ist wütend. Man ist glücklich. Man ist traurig. Aber haben andere Menschen wohl schon mal so was erlebt wie ich, nachdem Anessa mich angesprochen hat? Ich kann das kaum beschreiben. Aber als sie mich angeguckt und gelächelt hat, da wurde mir gleichzeitig warm und kalt. Ich weiß, dass das gar nicht geht, aber so fühlte es sich an. Und ich musste leicht zittern, obwohl ich nicht wütend war. Mein Herz schlug so schnell wie selten zuvor. War ich etwa soooo aufgeregt??? Und mein Magen zog sich zusammen, dabei hatte ich doch keine Angst. Und, ganz ehrlich, ich hätte am liebsten losgelacht. Nicht, weil ich etwas witzig fand, sondern weil ich glücklich war. Aber warum war ich bloß soooo glücklich??? Weil mich ein Mädchen mit einem runden Gesicht, dessen feste Spange glitzert, wenn sie den Mund öffnet, angelächelt hat???

Also das ist doch alles ziemlich seltsam! Oder etwa nicht?

7

Wir radelten eine ehemalige Bahntrasse entlang, die in unserer Stadt mehrere Orte miteinander verband. Irgendwann hatte man die Gleise entfernt und die Trasse geteert – nun war sie ein Paradies für Spaziergänger und Radfahrer, und auch rollern und inlinern konnte man nirgendwo so perfekt wie auf der Trasse.

Einige Minuten radelten wir schweigend nebeneinanderher. Ich wusste nicht, ob Anessa darauf wartete, dass ich von mir aus begann zu erzählen. Das tat ich aber nicht, weil ich mich fragte: Wo soll ich denn bitte schön anfangen? Bevor das Schweigen peinlich wurde, erzählte die sonst so stille Anessa einfach drauflos, und sie erzählte, als hätte sie Sabbelwasser getrunken. Das hatte Mama immer zu mir gesagt, wenn sie abends von der Arbeit gekommen war und ich quatschte und quatschte. Genauso, wie sie mein Gequatsche aber in Wahrheit gemocht hatte (glaube ich jedenfalls), so mochte ich auch Anessas Gequatsche. Mehr noch: Ich hätte ihr stundenlang zuhören können.

Schon nach fünf Minuten hatte ich den Eindruck, alles über ihre Familie zu wissen. Dass sie zwei kleine Zwillingsbrüder hatte und eine Schwester, die Medizin studierte.

Dass ihre Mutter Krankenschwester und ihr Vater Krankenpfleger war. Dass ihr Opa im selben Haus lebte und alle anderen Großeltern tot waren. Und nach weiteren fünf Minuten wusste ich auch, was sie über unsere Schule, Lehrer und Klasse dachte: Dass ihr das Essen in der Mensa schmeckte und sie nicht verstand, warum alle immer darüber meckerten. Dass sie unsere Klasse mochte, sogar die albernen Jungs. Dass sie glaubte, dass Aala in Wahrheit viel älter war. Dass sie Mathe zwar doof, aber Frau Schneider okay fand. Dass das Geschrei von Herrn Saß zwar anstrengend war, er selbst aber trotzdem nett und lustig. Und dann radelten wir wieder wie am Anfang ein paar hundert Meter ohne etwas zu sagen nebeneinanderher, und auch das war schön.

„Hey", sagte sie plötzlich.

„Was?", fragte ich.

„Du sagst nichts und hast mich auch nichts gefragt. Habe ich dich genervt mit meinem Gequatsche?"

Ich lachte.

„Und jetzt lachst du mich aus???", sagte sie, und ich wusste nicht, ob die Empörung in ihrer Stimme gespielt war oder nicht.

„Nee, wirklich nicht. Ich lache dich … wie soll ich sagen … ja genau: Ich lache dich an."

„Verstehe ich nicht."

„Okay, ich fand es schön, dir zuzuhören."

„Ohh", sagte sie und starrte auf die Trasse. „Aber jetzt erzählst du endlich mal! Das hast du mir ja schließlich auch versprochen. Ich meine, wenn du gar nicht willst …"

„Doch doch", sagte ich.

In Wahrheit hatte ich darauf gehofft, dass sie mich noch mal fragen würde. Das zeigte mir, dass sie es wirklich wissen wollte. Das wusste man, fand ich, bei so Handynachrichten nie so genau. Die tippt man mal eben schnell, und dabei muss man einen ja nicht mal angucken.

Allerdings wusste ich noch immer nicht, wo und wie ich hätte anfangen sollen. Deshalb erzählte ich einfach von der Schule. Das war aber eher nicht so spannend. Denn ich sah alles genauso wie sie, sogar Frau Schneider fand ich in Wahrheit nicht ganz so schrecklich, wie sie selbst vermutlich glaubte. Vor allem mochte ich wie Anessa unsere Klasse. Es war zwar nicht so, dass unsere Klasse wie ein Freundeskreis war. Aber ich war doch recht überzeugt davon, dass selbst Inci, die immer so viel redete wie Anessa auf dem Rad, kein Problem mit Andrei hatte, der nie etwas sagte. Und Aala, die wirklich wie sechzehn aussah, lächelte manchmal sogar über Adrians und Noahs Unfug.

Als ich fertig war, sagte Anessa:

„Das ist ja alles schön und gut. Aber ich weiß immer noch nichts über deine Familie. Gar nichts. Nur dass du keine Geschwister hast, aber selbst das *glaube* ich nur. Vor allem glaube ich, dass du mir eigentlich was ganz anderes erzählen wolltest."

Sie war ein schlaues Mädchen. Ich seufzte.

„Okay", sagte ich, und bevor ich es mir anders überlegen konnte, erzählte ich vom Unfall und auch vom komischen Verhalten meines Vaters.

Und ich konnte es selbst nicht glauben: Aber all das an ein- und demselben Tag gleich zwei Menschen erzählt zu haben, das hatte wahnsinnig gutgetan! Nun wusste es auch eine Mitschülerin, die nicht wie Lydia an eine „Schweige-pflicht" gebunden war. Obwohl ich das Schlimmste, näm-lich Papas Kotzanfälle, ausgelassen hatte, sagte ich:

„Bitte erzähl …"

„Nein, tu ich nicht."

Inzwischen waren wir fast da. Und das hieß: bei mir! Die Trasse hatten wir verlassen, und etwas verwundert fragte ich:

„Wohnst du hier in der Nähe?"

„Nee, ich hätte in die andere Richtung gemusst."

Ohne dass ich nachfragen musste, sagte sie:

„Meine Eltern haben heute Spätschicht und sind eh nicht da, meine Brüder sind bei irgendeinem Kindergeburtstag, und Opa ist beim Zahnarzt. Und außerdem …"

Sie machte eine Pause.

„Ja?", fragte ich.

„Und außerdem war es schön, neben dir zu fahren."

Mein Kopf wurde plötzlich ziemlich heiß. Als wenn ich Fieber gehabt hätte.

„Und jetzt würde ich gern bei dir ein Glas Wasser trinken, und aufs Klo muss ich auch."

Gerade in diesem Moment bogen wir in die Straße ein, in der ich wohnte. Weil ich nicht geantwortet hatte, fragte sie ein zweites Mal nach dem Glas Wasser und dem Klo.

„Du …", begann ich und wusste nicht mehr, was ich eigentlich hatte sagen wollen.

War das alles kompliziert! Vor allem, weil sie nichts sagte, sondern mich nur mit einem fragenden Blick anschaute, während wir beide von unseren Rädern stiegen. Dann platzte es aus mir raus, und ich erzählte davon, wie Papa am selben Morgen nach Hause gekommen war. Eine

Weile standen wir vor der Haustür neben unseren Rädern und sagten nichts.

„Mein Onkel war auch so. Hast du … ich meine … kannst du dir vorstellen, dass er …"

Ich sah ihr an, wie schwer es ihr fiel, *das* Wort auszusprechen. Deshalb half ich ihr.

„Dass er säuft? Dass er Alkoholiker ist?"

Sie nickte, ohne mich dabei anzusehen.

„Tut mir leid, ich wollte nicht …"

„Kein Problem. Mir ist immer lieber, wenn man einfach sagt, was man denkt. Ich habe das sogar schon gedacht, als ich das Wort Alkoholiker noch gar nicht kannte. Aber ich habe ihn nie etwas anderes trinken sehen als Leitungswasser. Und bei uns stehen nie leere Flaschen herum. Absolut nie. Und er geht ja wirklich jeden verdammten Abend zur Arbeit. Willst du jetzt immer noch ein Glas Wasser trinken und aufs Klo?"

Sie wollte. Wir schlossen unsere Räder zusammen, und einen Augenblick später standen wir in der Wohnung. Wie lange hatte ich niemanden mehr zu mir nach Hause eingeladen? Ich wusste es nicht mehr. Ich wusste nur noch, dass der letzte Geburtstag mit Freunden mein zehnter gewesen war. Anschließend war Papa nach und nach in einem Loch versunken und in eine Welt abgetaucht, zu der ich keinen Zugang hatte.

Alles war ruhig in der Wohnung. Papa schien zu schlafen. Vorsichtshalber schaute ich nach, und ich war erleichtert, als ich ihn auf seiner viel zu kleinen Matratze auf dem Bauch liegend tief und fest schlafen sah.

„Hast du Lust auf Spaghetti?", fragte ich, nachdem sie gepinkelt und ein Glas Wasser getrunken hatte.

Anessa nickte. Dann lachten wir, und vielleicht dachte ja auch sie, dass alles zwar ziemlich seltsam, aber irgendwie auch so lustig war, dass man alle Mathearbeiten und Väter und sowieso alle Probleme vergaß. Ich kochte Spaghetti, würzte die Fertigtomatensoße zusätzlich mit Salz, Pfeffer und Kräutern der Provence, gab ein Stück Butter hinzu und zeigte Anessa, kurz bevor ich fertig war, wo sie Teller und Besteck fand.

„Zu Tisch, meine Dame", sagte ich schließlich.

Wieder lachte Anessa. Dann aßen wir und hörten dabei über ihr Handy ihre Lieblingsmusik, und ich tat so, als würde sie mir gefallen. Und das war kein Problem, denn selbst Baulärm oder Laubbläser hätten mir nicht die Laune verderben können.

„Also ich glaube ja, dass Aala sechzehn ist. Aber du, bist du nicht auch älter? Vierzehn oder fünfzehn?", fragte sie mich, während wir begannen zu essen.

„Ich … warum …", stotterte ich.

„Na ja, du kannst so viel. Welcher Junge geht schon allein einkaufen und kann kochen?"

„Ich … ich musste das ja lernen … ich …"

Wieder stotterte ich. So kannte ich mich nicht. Hoffentlich gelang es mir, das Thema zu wechseln. Und das war kein Problem, denn plötzlich stand Papa in der Küche! Weil ich die ganze Zeit nur Anessa angeschaut hatte, hatte ich nicht mal gemerkt, wie er reingekommen war. Und Anessa auch nicht. Denn sie zuckte zusammen, als sie ihn sah, und versuchte dann zu lächeln. Aber das Lächeln sah, wie ich fand, eher ängstlich aus. Und das war kein Wunder. Denn erstens war Papa zwei Meter groß. Und zweitens wusste sie, dass mit ihm etwas nicht in Ordnung war. Papas Lächeln wiederum sah so natürlich aus wie schon lange nicht mehr.

„Wen haben wir denn da?", fragte er Bonbon lutschend und klang wie der normalste Papa der Welt.

„Ich … ich bin Anessa", sagte sie.

Was hätte sie auch sonst sagen sollen?

„Willst du auch einen Teller Spaghetti?", fragte ich.

„Haben. Willst du auch einen Teller Spaghetti *haben*. Und ja, gerne sogar", sagte er, während er sich gleichzeitig ein Glas Leitungswasser einschenkte.

Ich war baff. Ganz früher hatte mich vor allem Mama manchmal damit genervt, eine Zeitlang war es dann eher Papa, und jetzt merkte ich, wie sehr ich diese Korrekturen vermisst hatte.

Dann aß er und stellte zum ersten Mal seit einer Ewigkeit Fragen nach der Schule. Ganz simple Fragen. Halt Fragen, wie sie normale Eltern stellen. Schließlich stand er auf und sagte:

„Ich gehe dann mal zur Arbeit."

„Es ist doch viel zu früh", sagte ich.

„Ich habe noch ein Gespräch."

Ich wusste, dass das nicht stimmte. Und Anessa, die mich traurig anschaute, schien es auch zu wissen. Papa verabschiedete sich, lächelte Anessa an, und weg war er. Als die Tür ins Schloss fiel, bekam ich von einer Sekunde auf die andere Magenschmerzen. So richtig heftige. Wahrscheinlich wurde ich auch weiß im Gesicht, denn Anessa fragte, was los sei.

„Im Keller … keine Ahnung, ob er da Flaschen herumstehen hat. Da habe ich nie nachgeschaut."

„Dann lass es uns *jetzt* machen!"

Ich zögerte. Doch dann nickte ich. Denn wenn wir nicht nachschauten, würde ich mich immer fragen, ob er was auch immer im Keller versteckt hatte. Anessa folgte mir die Treppe herunter. Unser Keller war nicht besonders groß. Es war eher eine Kammer mit zwei Schränken und zwei Regalen, die sich gegenüberstanden. Weil es für die Fahrräder noch einen Extraraum gab, war es aber eigentlich okay. In den Regalen lagen nur Decken und Sitzpolster, und im ersten Schrank stand altes Geschirr, das ich noch nie zuvor gesehen hatte. Dann versuchte ich den zweiten Schrank zu öffnen. Doch die Tür war verschlossen. Kein gutes Zeichen. Sogar alles andere als ein gutes Zeichen.

„Hast du eine Büroklammer?", fragte Annessa.

Ich schaute sie verdutzt an.

„Damit kann ich den Schrank vielleicht öffnen", sagte sie.

„Okay, ich habe zwar keine, aber mein Vater."

Früher, als ich ihm manchmal beim Schreiben zusehen durfte, hatte er jedenfalls immer Büroklammern auf dem Tisch liegen. Und daran hatte sich nichts geändert, wie ich eine Minute später feststellte. Als ich mit der Büroklammer wieder bei Anessa war, nahm sie sie, bog daran herum und steckte ein Ende ins Schlüsselloch.

„Hat mir mein Opa beigebracht", sagte sie.

Nach wenigen Sekunden sprang die Tür auf, und das, was ich sah, erklärte alles. Ich hätte heulen können. Aber seltsamerweise war ich eher erleichtert. Denn nun wusste ich endlich, warum Papa so war, wie er war.

***

Im Keller hat Papa also einen geheimen Schrank
und der Inhalt des Schranks macht ihn krank:
Kleine und große Flaschen, vor allem Wodka und Korn,
lagert er dort. Ich spüre Verzweiflung, nicht so sehr Zorn.

Vielleicht denkt er manchmal: ‚Ich muss aufhören,
Flasche für Flasche unser Leben zu zerstören.'
Doch sobald ihm eine Flasche fröhlich winkt,
nimmt und öffnet er sie und … trinkt!

Und mit jedem weiteren Schluck verwandelt er sich
und vergisst alles um sich herum. Vor allem mich.

Er interessiert sich für nichts, nicht mal für eine Sechs,

beachtet sie nicht, als wäre diese Ziffer nur ein Klecks.

Während er eine Flasche heimlich leersäuft,

merkt er nicht, wie das Leben wegläuft.

Wie er es Schluck für Schluck vertreibt,

bis am Ende für ihn und mich nichts mehr bleibt.

Sobald er besinnungslos in seiner Kotze liegt,

hat ihn der Alkohol ein weiteres Mal besiegt.

Deshalb ist es so verdammt wichtig jetzt zu beginnen,

gegen den Alkohol zu kämpfen und … zu gewinnen!

Und Papa, glaub mir:

Ich helfe dir!

8

Kaum war die Tür hinter Anessa ins Schloss gefallen, googelte ich alles Mögliche. Schnell war ich über den Begriff „Alkoholiker" auf „Alkoholismus" gekommen. Ich las dieses, ich las jenes, und plötzlich war der Akku meines Handys leer. Als ich auf die Uhr schaute, dachte ich zuerst, sie sei kaputt. War sie aber nicht. Es war tatsächlich Mitternacht. Obwohl ich jetzt wusste, dass Alkoholiker kranke Menschen und keine Penner oder Vollidioten oder schlicht Loser waren, hatte ich Angst. Und das war so eine Angst, wie ich sie bis dahin noch nie gespürt hatte. Zum Beispiel hatte ich keine Bauchschmerzen. Stattdessen fühlte sich mein ganzer Körper schwer an. So schwer, dass ich mich kaum bewegen konnte.

Am meisten Angst hatte ich nicht vor dem nächsten Tag, sondern vor den kommenden Monaten. Was würde zum Beispiel passieren, sollte Papa irgendwann in eine Suchtklinik eingewiesen werden? Würde ich dann in ein Heim oder in eine Pflegefamilie kommen? Das wollte ich nicht! Mein Zuhause war bei meinem Papa. Egal, ob er soff oder nicht. Sollte er es allerdings nicht schaffen aufzuhören, dann würde ich ihn verlieren. Dann wäre auch das wenige, was von unserer Familie übriggeblieben war, kaputt.

Trotz meiner Angst bereute ich noch immer nicht, dass Anessa den Schrank geöffnet hatte. Es war tausendmal besser Bescheid zu wissen, als immer wieder darüber zu rätseln, warum Papa sich so komisch benahm und manchmal kotzen musste. Und ganz ehrlich: Hatte er sich nicht sogar Mühe gegeben, indem er vor mir nichts anderes als Leitungswasser getrunken hatte? Ja, und das zeigte, dass ihm zwar vieles, aber nicht alles egal war. Sonst hätte er sich auch nicht vor Anessa verhalten wie ein normaler Papa, der seinen Sohn nicht blamieren möchte.

Irgendwann schaffte ich es, Zähne zu putzen und ins Bett zu gehen. Aber natürlich schlief ich nicht, denn meine Gedanken fuhren Karussell. Und der Gedanke, dass ich etwas tun musste, kam immer wieder. Nicht nur etwas, sondern alles, was möglich war, damit Papa wieder gesund wurde. Aber wie sollte ich das anstellen? Mit Lydia reden?

Nee, bevor ich mich Lydia anvertrauen würde, musste ich erst mit jemand anderem sprechen: mit Papa selbst! Und zwar so bald wie möglich. Denn das Letzte, was ich mir vorstellen konnte, war in der Schule rumzusitzen und daran denken zu müssen, wie Papa in seiner Kotze lag. Und ich würde an nichts anderes denken können. Schließlich wusste ich jetzt, dass er keine Magenverstimmung hatte, die vorbeigehen würde. In die Schule, das stand für mich fest, würde ich erst wieder gehen können, sobald ich mit Papa geredet hatte. Worüber ich genau mit ihm sprechen wollte, das wusste ich nicht. Ich wusste nur, wann ich es tun wollte: Bei der ersten Gelegenheit, also wenn er von seiner Nachtschicht zurückkehren würde.

Doch dann – tausend Gedanken später – beschloss ich, ihn direkt abzuholen. Also zog ich mich an und machte mich um fünf Uhr morgens im Dunkeln im Nieselregen auf den Weg. Ich ging zu Fuß, weil Papa auch immer zu Fuß unterwegs war. Müde war ich nicht, und irgendwie genoss ich die Dunkelheit mitsamt Nieselregen. Vielleicht ja, weil ich noch nie zuvor um diese Zeit draußen gewesen war und die Stadt ruhig und friedlich wie eine einsame Insel wirkte.

Als ich ankam, ging ich natürlich nicht rein, sondern stellte mich in einen Hauseingang schräg gegenüber vom Eingang und wartete. Über die Frage, ob ich überhaupt allein draußen sein durfte, dachte ich mit einer Ernsthaftigkeit nach, als hätte ich keine anderen Sorgen. Ich glaubte zum Beispiel, dass man mit 13 nicht allein nach zehn im Kino sein durfte. Aber durfte man allein nachts spazieren gehen? Und wenn nicht: Wann endete für 13-Jährige die „Ausgangssperre"? Während ich darüber nachdachte, verließen drei Frauen gemeinsam das Bordell. Sie trugen Jeans, eine auch eine Jeansjacke, die anderen beiden Mäntel, und alle spannten ihre Regenschirme auf, als sie die ersten Tropfen spürten. Wenige Minuten später ging die Tür wieder auf. Ein junger Mann, der pfiff und dem der Regen egal zu sein schien. Dann geschah eine Weile lang nichts, und jede Minute, die ich wartete, fühlte sich an wie eine halbe Stunde.

Doch das Warten hatte sich gelohnt: Denn der Nächste, der das Bordell verließ, war Papa! Ohne nach links oder rechts zu schauen, ging er langsam in die Richtung, aus der ich gekommen war. Er wankte, er hatte also getrunken. Jetzt griff er wieder in seine Umhängetasche, holte eine Flasche heraus und blieb stehen. Als er die Flasche ansetzen und wahrscheinlich austrinken wollte, sprang ich aus meinem Versteck und rief in die frühmorgendliche Stille hinein:

„Papa!"

Langsam drehte er sich um und schaute dann in meine Richtung. Und was er sah, war ein Junge, der auf ihn zulief und ihm, als er vor ihm zum Stehen kam, sofort die Flasche aus der Hand riss und sie auf den Boden schleuderte, wo sie zersprang. Da Papa sich nicht gewehrt hatte, hatte er mich vermutlich erkannt – vollkommen betrunken war er zum Glück noch nicht.

Und so standen wir da mit einer Armlänge Abstand zwischen uns: Ein zwei Meter großer Mann in einer schwarzen, leicht abgewetzten Jeans und einer blauen Regenjacke, der man das Alter ansah. Ein Mann mit zerzaustem, dünnem Haar, das auf die Schultern fiel. Und ein Junge, ein Meter siebzig groß, in ebenfalls abgewetzter, allerdings blauer Jeans und einer dunkelgrünen Regenjacke, die nicht ganz so alt, dafür aber einen Tick zu kurz war. Auch der Junge hatte schulterlanges Haar.

Vater und Sohn.

Papa und ich.

Ich starrte ihn an, und er, der wirklich verstanden zu haben schien, dass ICH es war, wich meinem Blick aus und starrte stattdessen auf die Scherben.

„Kannst du mir nicht mal mehr in die Augen sehen?", fragte ich, und dann tat ich das, was ich unbedingt hatte vermeiden wollen.

Ich begann zu heulen. Und zwar nicht so wie ein Junge, der zwar heulen muss, der aber alles tut, damit es die anderen nicht merken. Nein, ich heulte wie ein kleines Kind und trommelte gleichzeitig mit den Fäusten auf Papas Brust, als wollte ich ihn auf diese Weise aus seinem jahrelangen Schlaf wecken. Und wahrscheinlich hoffte ich, dass er in einer Welt aufwachte, in der er wieder ein Vater für seinen Sohn war.

„Max", sagte er.

Dann hielt er mit seinen Stahlpranken meine Arme fest, ohne mir dabei wehzutun. Und das tat er so lange, bis aus dem Heulen ein Schluchzen geworden war.

„Max", sagte er wieder … und drückte mich an sich.

Ich vergrub mein Gesicht auf Höhe seiner Brust, auf die ich eben noch eingetrommelt hatte. Dann schlang ich meine Arme um diesen Riesen, von dem ich nichts anderes wollte, als dass er wieder mein Papa war. Irgendwann lösten wir uns aus unserer Umklammerung. Jetzt schaute er mich an. Aus glasigen Augen, aber immerhin. Und ohne darüber nachzudenken, schrie ich ihn an.

„Hör auf zu saufen!"

Dabei wusste ich, dass das nicht so einfach war.

„Max …"

„Du bist mein Papa!"

„Ich weiß."

„Und ich habe keine Mama mehr!"

„Auch das weiß ich."

„Und keine große Schwester, die da ist, wenn du mal wieder nicht da bist."

„Max …"

Er klang immer hilfloser. Aber ich dachte gar nicht daran aufzuhören.

„Ich habe eine Sechs in Mathe geschrieben!"

„Das … das wusste ich nicht."

„Doch! Das wusstest du. Du hast die Arbeit sogar unterschrieben. Aber das war dir scheißegal, so wie dir alles scheißegal ist!"

Papa sagte nichts, aber er wich meinem Blick nicht mehr aus.

„Du … du warst der stärkste Mann, der tollste Papa, den es gab. Und jetzt … jetzt lügst du mich an."

Papa senkte den Blick. Mit sehr leiser Stimme sagte er:

„Was hätte ich dir denn sagen sollen? Dass ich in einem Bordell arbeite? Ich hätte ja nicht mal gewusst, ob du weißt, was das ist."

„Ich weiß, was das ist. Und ich weiß auch, dass du die Frauen, die dort arbeiten, beschützt. Was ist daran denn so schlimm, dass du es mir nicht erzählen wolltest?"

Über Papas Gesicht huschte ein Lächeln, und er tat etwas, was er seit Jahren nicht mehr getan hatte. Er legte seine Hand auf meinen Kopf und kraulte mich. Dann schaute er mich traurig an und murmelte, ich glaube mehr zu sich selbst:

„Schön wär's, wenn ich so was einfach erzählen könnte."

Mit etwas lauterer Stimme sagte er:

„Und wenn ich dir gesagt hätte, dass ich trinke, was wäre denn dann passiert?"

„Keine Ahnung, aber dann hätte ich es wenigstens gewusst. Warum hast du damit überhaupt angefangen? Du warst Trainer! Kämpfer! Alle im Verein haben dich bewundert. Und die Kinder, denen du vorgelesen hast, die haben dich nicht nur bewundert, sondern geliebt!"

Wieder hatte ich zu weinen begonnen, und die Tränen, die mir die Wange herabliefen, vermischten sich mit den Regentropfen, die auf meinem Gesicht landeten.

„Irgendwann nach dem Unfall habe ich angefangen. Mama und Lena waren plötzlich weg, und das habe ich nicht ausgehalten."

Eigentlich war mir das klar gewesen. Oder doch nicht? Denn eine Sache verstand ich an seiner Begründung nicht.

„Aber du hattest mich! Ich war damals acht Jahre alt, verdammt noch mal!"

Papa nickte langsam, sagte aber nichts.

„Hast du mich denn nicht so geliebt wie Mama und Lena?"

Die Frage klang komisch, auch weil ich wieder so sehr weinte, dass ich wahrscheinlich kaum zu verstehen war. Aber Papa hatte mich verstanden.

„Doch, natürlich! Und es tut mir leid. Es tut mir alles so verdammt leid."

Ich nickte ihm zu wie um zu sagen, dass ich genau das hatte hören wollen. Auch er nickte mir zu. Und ohne dass wir darüber gesprochen hätten, gingen wir klatschnass, wie wir waren, durch den Regen zurück. Die Stadt erwachte, und die Menschen, die uns zu Fuß entgegenkamen, guckten uns unter ihren Regenschirmen an, als wären wir einem Zombiefilm entsprungen. Aber das war mir egal. Als wir wieder zu Hause waren, zogen wir uns um, deckten *gemeinsam* den Frühstückstisch und begannen *gemeinsam zu* frühstücken! Allein deshalb hatte sich die ganze Aktion gelohnt.

„Was machst du denn da?", fragte er.

„Was meinst du?"

„Du schmierst dir ja jeweils ein Kilo Butter und ein Kilo Nutella aufs Brot."

„Ach, das mache ich schon seit Jahren so."

Papa nickte und lächelte traurig, als würde ihm erst in diesem Moment bewusst werden, dass wir seit einer Ewigkeit nicht mehr zusammen gefrühstückt hatten.

„Wer weiß eigentlich davon?", fragte er.

„Anessa. Und gestern war ich bei der Sozialarbeiterin. Ich glaube, sie ahnt es."

Papa nickte. Dann rief er in der Schule an, meldete mich krank und ließ sich einen Termin bei Lydia geben, die ihn ja eh einladen wollte. Anschließend setzte er sich und schaute mich eine Weile an. Dann sagte er:

„Okay, also ich bin krank. So ist es einfach. Aber ab heute tue ich alles, um wieder gesund zu werden. Hilfst du mir dabei?"

Ich nickte. Natürlich würde ich ihm helfen. Ich wusste nicht genau wie, aber vielleicht wusste er das selbst auch nicht so genau.

„Na dann komm."

Er schien doch zu wissen, wie ich ihm helfen konnte! Verwirrt folgte ich ihm ins Bad, wo unsere Waschmaschine stand. Er nahm sich den Wäschekorb, was mich wunderte, und dann gingen wir in den Keller. Ich lachte, als ich sah, wofür er den Korb brauchte. Für die Flaschen aus dem Schrank!

Es fühlte sich einen Augenblick später fast wie Weihnachten an, als wir den Inhalt der Flaschen nach und nach ins Klo schütteten. In diesem Augenblick glaubte ich, dass wir schon gesiegt hatten.

***

Wir sind früher zu viert jeden Sommer nach Föhr gefahren, und einmal waren wir in Berlin. Ich erinnere mich nur noch an einen großen Wald, und wenn man den Wald verlassen hat, dann stand man plötzlich vor dem Brandenburger Tor.

Irgendwann will ich aber unbedingt mal ins Ausland! Zum Beispiel nach London. Dort gibt es ein gigantisches Riesenrad, das London Eye, und die Tower Bridge, und Big Ben, und den Buckingham Palace, wo der König drin wohnt.

Und natürlich möchte ich nach Paris. Auf den Eiffelturm ganz auf die Spitze. Ob man da wohl denkt, dass einem nicht nur Paris, sondern die ganze Welt zu Füßen liegt? Und im Louvre, einem Schloss mitten in Paris, hängt die Mona Lisa. Und ganz ehrlich: Muss man nicht einmal in seinem Leben die Mona Lisa gesehen haben? Und in Paris steht auch Notre Dame, die berühmteste Kirche der Welt, in der es vor ein paar Jahren mal gebrannt hat.

Und nach New York möchte ich auch unbedingt. Am besten mit einem Schiff. Mit der Queen Mary. Dann hat man wahrscheinlich das Gefühl, auf der Titanic zu sein. Außerdem fährt man mit dem Schiff an der Freiheitsstatue vorbei. Ich dachte immer, die ist 10 Meter hoch. Aber jetzt habe ich irgendwo gelesen, dass sie mitsamt Sockel fast 100 Meter hoch ist. Und wie fühlt es sich wohl an, an diesen ganzen Wolkenkratzern vorbeizugehen? Und New York liegt am Meer! Da gibt es doch bestimmt auch Strände in der Nähe.

Aber nach Paris, London und New York will vermutlich jeder.

Wenn Papa mich wirklich fragen würde, ob wir nicht mal wieder gemeinsam verreisen wollen und er mich das Ziel auswählen lassen würde, was würde ich dann sagen?

Ich glaube, dann würde ich nach Föhr wollen. Und ich glaube, dass wir, also Papa und ich, es auch schaffen würden, am Strand entlangzugehen und uns daran zu erinnern, wie Papa vor vielen Jahren einen nach dem anderen auf seinen Schultern getragen hatte.

Vielleicht würden wir es ja sogar schaffen, uns gemeinsam an diesen vielleicht schönsten Tag in unserem Leben zu erinnern. Und dabei zu lächeln.

9

Als Papa abends zur Arbeit ging, verabschiedete er sich mit den Worten:

„Morgen frühstücken wir wieder gemeinsam, okay?"

Ich nickte, freute mich, konnte dann aber wie so oft in den letzten Tagen eine Weile lang nicht einschlafen. Was war, wenn er wieder torkelnd zurückkommen würde? Was war, wenn er wieder die Kontrolle über sich verlieren und stürzen würde? Was war, wenn er wieder kotzen musste? Irgendwann schlief ich dann aber doch ein, träumte wirres Zeug, wachte auf, wälzte mich, schaute aufs Handy – 02:43 – drehte mich von einer auf die andere Seite und das bestimmt dreißigmal, schaute wieder auf die Uhr – 03:13 – rechnete aus, wie lange ich noch schlafen könnte, würde ich sofort einschlafen, rechnete aus, wie lange ich noch schlafen könnte, würde ich erst um vier Uhr einschlafen, rechnete aus, wie viel ich in den letzten Nächten geschlafen hatte, und dann klingelte mein Wecker und ich schreckte hoch. Ich brauchte eine Weile, um zu kapieren, dass es sieben war.

„Ist Papa wohl schon da?", murmelte ich.

Bevor ich mich in die Küche traute, absolvierte ich mein morgendliches Training, und während ich mich davon auf dem Bett liegend erholte und Nachrichten im Klassenchat las, klopfte es.

„Frühstück!", rief Papa durch die geschlossene Tür.

Ich lachte und ging in die Küche, wo ich nicht mehr lachte, sondern nur noch staunte. Denn Papa hatte richtig gedeckt und nichts vergessen, obwohl er im Tischdecken schon längst keine Übung mehr hatte. Er hatte sogar Tee zubereitet. Durch den Teegeruch versuchte ich, andere Gerüche zu filtern, was gar nicht so einfach war. Aber schließlich war ich mir sicher, dass es definitiv nicht nach Pfefferminzbonbons roch. Natürlich hatte ich inzwischen begriffen, dass er mit den Bonbons den Alkoholgeruch übertünchen wollte. Während wir frühstückten, beobachtete ich, wie sehr Papas Hand zitterte, als er seinen Becher zum Mund führte.

Am folgenden Morgen weckte er mich erneut. Dieses Mal konnte er aber nichts essen. Er hatte Kopfschmerzen, die so stark waren, dass er sich einmal beide Hände auf die Schläfen presste.

„Papa???"

Hatte er doch getrunken? Bitte bitte bitte bitte bitte nicht! Wir hatten doch gerade erst angefangen, dagegen zu kämpfen.

„Das ist jetzt einige Wochen so. Leider. Ist aber normal", sagte er, als er meinen besorgten Blick sah.

„Ich ...", begann er, brach aber wieder ab.

Das Reden schien ihm schwerzufallen. Um ihm nicht das Gefühl zu geben, mir alles erklären zu müssen, ging ich Zähne putzen. Bevor ich mich auf den Weg machte, sagte er:

„Es wird besser werden, glaub mir. Und ich weiß, dass ich heute den Termin in der Schule habe. Ich habe mir meinen Wecker und auch mein Handy gestellt."

Ich nickte, versuchte zu lächeln und so meine Angst zu überspielen, dass er den Termin verpennen könnte. Dann radelte ich zur Schule. Nach zwei langweiligen Stunden hatten wir Klassenrat. Heute kam der Sportlehrer vorbei, der groß und ziemlich dick war, aber trotzdem einen Handstandüberschlag schaffte, was immer ziemlich lustig aussah. Er war noch ein Referendar, und deshalb waren vor Kurzem der Direktor und noch irgendwelche Prüfer bei uns im Unterricht gewesen und hatten sich die ganze Zeit Notizen gemacht. In der folgenden Sportstunde hatte unser Sportlehrer Muffins mitgebracht, weil wir alles gemacht hatten, was er gesagt hatte. Jeder hatte einen bekommen, und die vier, die übriggeblieben waren, hatte er dann alle selbst gegessen.

Im Klassenrat erzählte er uns etwas über das bevorstehende Fußballturnier. Die achten Klassen der ganzen Stadt spielten in Gruppen wie bei einer richtigen Weltmeisterschaft gegeneinander: Die Gruppenersten kamen ins Viertelfinale, die Gewinner ins Halbfinale und die Sieger spielten dann um den ersten Platz. Während der Sportlehrer laberte und über „Teamgeist" und „Fairplay" sprach, dachte ich an Papa. An seine Kopfschmerzen und an sein Zittern. Würde es ihm *besser* gehen, sollte er wieder trinken? Und war es deshalb so schwer, damit aufzuhören? Ich wusste, dass auch Raucher ein Problem hatten, mit dem Rauchen aufzuhören. Und ich glaube, dass solche Sachen in den ungefähr tausend Berichten standen, die ich im Internet gefunden hatte. Aber den eigenen Vater mit diesen Problemen kämpfen zu *sehen*, das ist dann eine andere Nummer, als darüber auf dem Bildschirm ein paar Absätze zu lesen.

Jetzt war es halb elf. Ich versuchte mich auf den Klassenrat zu konzentrieren, und das fiel mir nicht schwer. Denn nun nannte der Sportlehrer die acht, die aus unserer Klasse am Turnier teilnehmen sollten. Es würden acht gegen acht spielen, und mit denjenigen aus der Parallelklasse hätten wir entweder zwei Mannschaften oder viele Auswechsel-spieler, das war den Schulen selbst überlassen. Bevor der Sportlehrer begann, wollte Herr Saß auch noch etwas sagen, und das war typisch für ihn.

„So, wenn gleich acht Namen genannt werden, dann kein Geschrei und Gejammer von allen anderen. Jeder hat in dieser Klasse mal Gelegenheit, sich einzubringen …"

„Ich finde Fußball eh blöd", rief Bülent rein.

„Bülent! Ich habe dich nicht drangenommen."

Jetzt meldete sich Noah, obwohl Herr Saß doch gerade erst angefangen hatte. Vermutlich wollte er alle, die nicht aufgerufen werden würden, auffordern, die Mannschaft anzufeuern. Er nickte Noah zu.

„In der vierten Klasse, da haben wir einen Schulausflug gemacht, und ich durfte die Fotos machen."

„Ja, danke, gut dass wir das jetzt wissen", sagte Herr Saß.

Alle, die gemerkt hatten, dass das eher ironisch war, lachten. Und Noah, der das nicht gemerkt hatte, freute sich.

„Die, die nicht spielen, haben eine wahnsinnig wichtige Aufgabe", fuhr Herr Saß fort. „Die müssen unsere Mann-schaft nämlich anfeuern."

Hatte ich es doch gewusst! Der Sportlehrer warf Herrn Saß einen Blick zu, und Herr Saß nickte. Das war für seine Verhältnisse eine recht kurze Ansprache gewesen.

„Also ich nenne jetzt die Namen, vier Mädchen und vier Jungs", sagte der Sportlehrer.

„Warum denn Mädchen?", rief Adrian rein.

„Weil sie besser Fußball spielen als du zum Beispiel!", sagte der Sportlehrer, bevor Inci, deren Arm sofort in die Höhe geschossen war, sich beschweren konnte.

„Das wolltest du vermutlich auch sagen, Inci. Du spielst natürlich mit und wirst in einem Spiel Mannschaftsführerin sein. Und Bülent, du bist Torwart."

„Immer müssen die Dicken ins Tor", murmelte Bülent, und alle lachten.

„Du kommst ins Tor, weil du gut hältst! Noah, Adrian, Mathilda …"

„Ja", jauchzte sie … und begann zu weinen.

„Was ist denn?", fragte der Sportlehrer.

„Nichts ist, mach einfach weiter", sagte Herr Saß.

„O-kay. Anessa und Max."

„Ich kann doch gar nicht Fußball spielen", sagte Anessa, die mich während des Klassenrats oft angeschaut hatte

Als hätte sie mir auf diese Weise zu verstehen geben wollen, dass sie niemandem etwas erzählt hatte.

„O doch. Du stehst zwar immer nur rum, aber wenn du den Ball bekommst, dann schießt du ihn ins Tor."

„Ich kann aber wirklich kein Fußball spielen", sagte ich.

„Auch falsch. Wenn jemand an dir mit dem Ball vorbeilaufen will, schafft er es meistens nicht."

Das stimmte. Sobald wer auch immer auf mich zugerannt kam, konzentrierte ich mich nur noch auf den Ball. Ich hatte zwar kein Ballgefühl, aber ich war durchs Taekwondo natürlich sehr flink mit den Beinen, und mir gelang es fast immer, dem Ball den entscheidenden kleinen Kick zu geben und meinen Gegner auf diese Art auszubremsen.

„Und wer spielt aus der anderen Klasse?"

Der Sportlehrer nannte die vier Mädchen und sagte dann:

„Und von den Jungs Vincent, Murat, Sebastian und Riad."

So still wie nach dieser Ankündigung war es in der Klasse noch nie gewesen. Selbst Herr Saß sagte nichts, sondern kratzte sich an seinem Bart. Das tat er immer, wenn es ihm die Sprache verschlagen hatte, was selten vorkam.

„Ist das ein Problem?", fragte der Sportlehrer.

„Gar kein Problem. Im Gegenteil. Die Jungs, das sind unsere besten Freunde", sagte Inci.

Alle lachten, nur der Sportlehrer nicht. Anschließend war große Pause, und am Ende der großen Pause sollte Papa kommen.

Am Ende der großen Pause kam allerdings nicht Papa, sondern es kamen zehn Jungs, vielleicht waren es sogar mehr. Und zwar Jungs, die ich bei uns auf dem Pausenhof noch nie gesehen hatte. Alle zwischen zwölf und sechzehn, schätzte ich, alle mit schwarzen Haaren, die meisten mit ausrasiertem Nacken, der Größte und mit Sicherheit Älteste mit einem Bart, der seine Lippen einrahmte. Wahrscheinlich Libanesen, denn einer von ihnen winkte Riad zu, der, was mich wunderte, nicht zurückwinkte, sondern nur die Achseln zuckte. Es sah fast so aus, als wäre es ihm nicht recht, dass seine Freunde oder Verwandten aufgetaucht waren.

Das, was nun geschah, sah ich sekundenlang wie in Zeitlupe. Keine Ahnung, warum. So was hatte ich bis dahin noch nie erlebt. Als wollte ich, dass alles unwirklich war und in Wahrheit gar nicht stattfand. Der Bärtige war definitiv der Anführer, denn ihm folgten die anderen. Er schaute sich um und sah Aala, die wie immer im Kreis einiger Syrer und Syrerinnen stand. Ohne zu zögern, ging der Anführer auf die Gruppe zu, die gar nicht daran dachte, wegzulaufen. Einer von ihnen stellte sich sofort vor Aala und bekam als Erstes einen Faustschlag in den Magen und anschließend ins Gesicht. Sofort schoss ihm Blut aus der Nase. Während der Anführer Aala von hinten in die Haare griff und sie hochzog, bis sie nur noch auf den Zehenspitzen stand, begann um die beiden herum die wüsteste Prügelei, die ich jemals gesehen hatte.

Der Bärtige schrie Aala an, und Aala schrie zurück. Natürlich auf Arabisch. Inci – wer auch sonst? – war die Erste, die Aala half und versuchte, den Angreifer wegzuschubsen. Und auch ich erwachte aus meiner Starre und lief endlich zu Aala und ihren Freunden. Ich verpasste zwei Angreifern Tritte, doch plötzlich stand ich dem Anführer gegenüber, der gemerkt zu haben schien, dass seine Freunde ein Problem mit mir hatten. Immerhin hatte er dafür Aala losgelassen, aber mir blieb keine Zeit, mich über diesen Erfolg zu freuen. Denn gleich seinem ersten Schlag konnte ich nicht richtig ausweichen. Er traf mich mit der Faust auf das Jochbein, dann trat er zu und traf mich erneut, wenn auch nicht doll, weil ich in letzter Sekunde einen Schritt zur Seite gemacht hatte. Aber dennoch taumelte ich … und fiel.

Plötzlich hörte ich Stimmen. Viele Stimmen, die alle auf verschiedenen Sprachen durcheinanderbrüllten. Aber ich hörte vor allem Deutsch. Denn Herr Saß war geholt worden, wahrscheinlich von Adrian und Noah, die bestimmt nicht nur zugesehen hatten. Und Frau Wagner und sogar die kleine Frau Schneider und noch zwei andere Lehrer und auch der Direktor brüllten und schrien und wurden bespuckt und ausgelacht, während der Bärtige plötzlich auf mir saß und ausholte. Herr Saß wollte ihn wegziehen, wurde aber von irgendeinem der libanesischen Jungs regelrecht umgestoßen. Auch Murat, der auf unserer Seite kämpfte, wollte helfen und bekam dafür von irgendjemandem einen Tritt in den Magen. Doch plötzlich … von einer Sekunde auf die andere … war da ein Schatten … der Schatten eines Riesen … und dieser Riese stand mitten im Tumult … und diejenigen, die nach ihm traten … lagen plötzlich auf dem Boden … und derjenige, der auf mir saß … der wurde einfach hochgerissen und weggeschleudert. Sofort stürzte er sich auf … meinen Vater … auf Papa … und schlug mit den Fäusten nach ihm wie ein Boxer. Papa wich aus, ohne dass man den Eindruck hatte, er bewegte sich. Das hatte mich schon früher fasziniert. Er hatte immer genau einschätzen können, wie lang Arme und Beine eines Gegners waren und wich nur so weit aus, wie es notwendig war. Mit einer blitzschnellen Bewegung, die ich seinen zitternden Händen nicht mehr zugetraut hatte, griff er sich jetzt den rechten Unterarm des Bärtigen, der daraufhin mit der linken Hand zuschlug und dabei aussah wie ein Fliegenfänger, weil er Papa einfach nicht traf. Plötzlich schrie der Anführer auf. Denn Papa hatte seine Hand verdreht. Nach dem Schrei lockerte er den Griff und ließ schließlich ganz los. Der Anführer massierte sich sein Handgelenk, schaute sich um und schüttelte den Kopf. Denn die anderen waren davongelaufen. Er war daher der Einzige, der von der inzwischen eingetroffenen Polizei mitgenommen wurde. Als wenn nichts gewesen wäre, nahm Papa meinen Kopf in seine Hände, beugte sich zu mir runter und begutachtete mein Jochbein.

„Papa", sagte ich.

Mehr fiel mir nicht ein.

„Nur Schürfwunden und ein kleiner Bluterguss unter dem linken Auge, alles halb so wild", sagte er und gab mir einen Klaps.

Die Schlacht war endgültig vorbei. Und Papa ... *mein* Papa ... wurde von allen angeguckt, als handele es sich bei ihm um Jesus, der wieder auferstanden war. Und nicht um einen Trinker, der nachts als Rausschmeißer in einem Bordell arbeitete. Ich hätte gleichzeitig lachen und weinen können, aber dafür hatte ich keine Zeit.

„Wer … was …", stammelte der Direktor, der neben Papa stand und merkwürdig klein aussah.

„Tschuldigung, ich bin der Vater von Max."

Er tätschelte mich.

„Ich habe jetzt einen Termin mit einer Lydia."

„Und ich bringe Sie hin!", sagte Herr Saß, der auch versucht hatte zu helfen.

Aber er hatte nicht wirklich helfen können.

Das hatte nur Papa gekonnt.

***

Im Jahr, in dem ich mit Taekwondo anfing, und wenige Monate vor dem Unfall, hatte Papa seine Prüfung zum vierten Dan. Das ist der vierte Schwarzgurt.

Irgendwann wurden Bretter durchgeschlagen. Das ist deshalb so spannend, weil es nicht immer klappt. Je komplizierter die Technik, desto schwieriger wird es, das Brett so zu treffen, dass es auch wirklich bricht. Und manchmal kommt es vor, dass so ein Brett einfach ganz bleiben will. Papa hat erklärt, dass das oft der Fall ist, wenn ein Brett ein bisschen feucht geworden ist. Auf seiner Prüfung war das eine Brett wahrscheinlich nicht nur feucht, sondern nass gewesen. Aber die Prüfer sortierten es nicht etwa aus, sondern jeder musste zuerst versuchen, dieses Brett durchzuschlagen oder durchzutreten. Niemandem gelang es. Dann war Papa dran, nachdem es vor ihm ungefähr 10 Leute versucht hatten.

Papa wollte es mit der Faust durchschlagen, aber weil er den vierten und nicht den ersten Schwarzgurt machte, sollte es niemand halten, sondern jemand sollte sich auf einen Stuhl stellen und es fallen lassen. Das ist wahnsinnig schwer. Du musst es im Fallen an der richtigen Stelle treffen. Papa ging vor seinem Bruchtest zum Prüfungskomitee, also zu den Tischen, hinter denen drei Männer und eine Frau saßen. Einer von den Männern war Martin. Papa sagte etwas, und alle lachten und nickten anschließend. Dann drehte sich Papa zum Publikum und schaute in unsere Richtung.

„Max!", rief er.

Ich schaute Mama und Lena an, weil ich nicht genau wusste, weshalb Papa mich gerufen hatte.

Mama lachte.

„Wahrscheinlich sollst du ihm helfen", sagte sie.

„Das schaffst du schon!", sagte Lena, die mir immer ansah, wenn ich vor was auch immer ein bisschen Angst hatte.

Also sprang ich über einige Bänke und stand wenige Sekunden später mitten in der Halle. Papa legte den Arm um mich, zeigte auf einen mitten in der Halle stehenden Stuhl und flüsterte:

„So, du steigst jetzt auf diesen Stuhl, und wenn ich dir zunicke, lässt du das Brett fallen, okay?"

„Okay", sagte ich.

„Und jetzt das Wichtigste: Wenn ich es nicht schaffe, dann bin ich schuld. Ganz allein. Und wenn ich es schaffe, dann haben wir es gemeinsam geschafft, alles klar?"

Ich nickte, nahm das Brett und stieg auf den Stuhl. Dann hielt ich das Brett in die Höhe und wartete. Papa schaute dorthin, wo er das Brett treffen wollte und wo gerade nichts war. In der ganzen Halle war es mucksmäuschenstill. Dann schaute er mich an und lächelte. Nun war er es, der mir zunickte.

Ich ließ das Brett fallen, und Papas wuchtiger Fauststoß traf das Brett, und die zwei Hälften des Bretts segelten durch die Halle – eine Hälfte landete auf einem der Tische, hinter denen die Prüfer saßen.

Und als die ganze Halle applaudierte, dachte ich:

„Wir haben es geschafft!"

10

„Krass, dein Vater!"

„Max, ich wusste ja gar nicht, dass dein Vater ein Superheld ist!"

„Also wie er den Typen einfach hochgehoben hat ..."

„Und plötzlich hatte er ihn in irgend so einem Griff. Das ging schneller, als ich gucken konnte!"

„Hat der nicht früher auch mal Taekwondo gemacht?"

„Früher??? Der muss das immer noch machen, oder Max?"

Alle redeten auf mich ein. Ich wusste am Anfang der Deutschstunde nicht wirklich, wie mir geschah und bekam nicht mit, wer was sagte. Anessa war die Einzige, die einfach auf ihrem Platz saß und es dabei beließ, mich anzulächeln.

„So, jetzt setzt euch bitte alle, und Max lassen wir einfach in Ruhe", sagte Herr Saß und schaute mich fragend an.

Ich nickte und wusste nicht, ob ich jemals einem Lehrer so dankbar gewesen war wie in jenem Moment. Herr Saß nickte ebenfalls und wendete sich wieder der Klasse zu.

„Wir und die Parallelklasse machen natürlich keinen Unterricht mehr, sondern Klassenrat. Ich meine, das war jetzt der zweite Vorfall innerhalb weniger Tage, und unsere Klasse war jedes Mal beteiligt. Wer von euch weiß denn, wie es dazu gekommen ist?"

Bevor Inci sich melden konnte, klopfte es, und ohne eine Antwort abzuwarten, kam der Abteilungsleiter herein. Im ersten Augenblick glaubte ich, eine Halluzination zu haben: Aber es war tatsächlich Riad, der ihm folgte und dem man ansah, dass er geheult hatte. Er wirkte jetzt nicht mehr ganz so stark wie wenige Tage zuvor, als er Aala angeschrien und nach ihr getreten hatte.

„*Ich* weiß, wie es dazu gekommen ist", sagte der Abteilungsleiter.

Dann nickte er Riad zu, der wieder zu heulen begann. So ein harter Kerl, aber zwischen Herrn Saß und dem Abteilungsleiter wirkte er wie ein kleiner Junge. Das, was er sagte, war dann allerdings ziemlich groß. Schluchzend berichtete er Folgendes:

„Ich … ich habe zu Hause von Aala erzählt, und mein Bruder hat gesagt, dass er mit allen unseren Cousins … und das sind ja viele … an die Schule kommt. Ich dachte natürlich, der meint das nicht ernst. Ich meine, weil … ich meine … die haben ja auch alle Schule. Und ich habe auch gesagt … ich schwöre … ich habe wirklich gesagt, dass ich das gar nicht will. Aala … ich meine … du hast mich ja beleidigt … auch meine Mutter …"

Aala zischte etwas auf Arabisch und bekam dafür einen bösen Blick des Abteilungsleiters zugeworfen, während Herr Saß das tat, was er in solchen Situationen immer tat: Er rollte mit den Augen.

„Ja ja, ich weiß, ich habe auch deine Mutter beleidigt, obwohl ich sie gar nicht kenne", sagte Riad auf Deutsch.

Er machte eine Pause, als müsste er darüber kurz nachdenken. Dann sagte auch er etwas auf Arabisch.

„Hört ihr endlich auf, Arabisch zu sprechen!", sagte der Abteilungsleiter.

„Er hat sich nur entschuldigt", sagte Aala und sagte nun ihrerseits etwas auf Arabisch.

„Und was hat sie gesagt, Riad?", fragte der Abteilungsleiter, der plötzlich bereit war, sich auf dieses Dolmetscherspiel einzulassen.

„Sie hat die Entschuldigung angenommen und sich auch entschuldigt."

Wow, dachte ich. Auch weil es mich beeindruckte, dass Aala und Riad und so viele andere einfach zwei Sprachen fließend sprachen und dann auch noch Englisch konnten und inzwischen Französisch lernten.

„Und das geht nicht auf Deutsch?", fragte Herr Saß.

„Doch, schon. Aber, wie soll ich sagen, Arabisch hat dafür schönere Wörter", sagte Aala, und Riad nickte.

Inci lachte und sagte:

„Auf Türkisch geht das auch besser. Man kann sich auch viel besser auf Türkisch beleidigen."

Jetzt lachten alle, sogar der Abteilungsleiter. Und als wir ausgelacht hatten, sagte er:

„Lydia hat gerade keine Zeit. Aala, du kommst jetzt auch mit, und wir drei unterhalten uns noch ein bisschen. Und ich denke, dass wir uns bald auch ein bisschen länger mit Lydia und auch mit euren Eltern unterhalten sollten. Zum Beispiel am Tag, an dem das Fußballturnier stattfindet. Da verpasst ihr dann auch keinen Unterricht. Ist das okay?"

Natürlich wussten Aala und Riad, dass das keine Frage war. Riad schaute ein bisschen belämmert – vermutlich hatte er sich aufs Turnier gefreut –, doch dann nickte er, und gemeinsam trotteten sie dem Abteilungsleiter hinterher. Kaum waren sie weg, setzte sich Herr Saß ans Pult, was er eigentlich nie tat, und sah aus, als verstehe er gar nichts mehr. Dreimal fing er an, etwas zu sagen. Dreimal hörte er wieder auf. Auch das passierte ihm nie. Einige lachten leise, aber sie schienen Herrn Saß nicht auszulachen. Andere lächelten. Die Stimmung war unbeschreiblich, fast schon unwirklich. Als wären wir einen Marathon gelaufen und gemeinsam im Ziel angekommen. Selten zuvor hatte ich mich derart wohl in meiner Klasse gefühlt. Schade, dass Aala das nicht mitbekam.

„Wisst ihr was?", fragte Herr Saß und sprach sofort weiter: „Dabei belassen wir es jetzt. Klassenrat ist zu Ende. Ein Streit, der total eskaliert ist, also der schlimmer geworden ist ..."

„Wir wissen, was das Wort *eskalieren* bedeutet", sagte Adrian.

„Also ich, ich habe das nicht gewusst", sagte Bülent.

Wieder lachten alle, und dann fuhr Herr Saß fort:

„Also ein Streit, der total eskaliert ist, ist beigelegt worden, weil die Streitenden über ihren Schatten gesprungen sind. Damit meine ich, dass Riad und Aala es geschafft haben, sich zu entschuldigen. Und das ist, um es mit euren Worten zu sagen, einfach nur krass. Denn das war für die beiden wahrscheinlich deutlich schwerer, als sich *nicht* zu entschuldigen."

Dann holten alle ihre Deutschbücher heraus, und niemand protestierte, obwohl Herr Saß jetzt doch Unterricht machen wollte. Auch das: ein Wunder! Ich selbst brauchte mein Deutschbuch allerdings nicht rauszuholen. Denn Herr Saß sagte, dass ich jetzt zu Lydia gehen sollte, und ehe ich mich versah, saß ich mit Lydia und Papa in Lydias Raum, wo es wieder Kekse und Tee gab. Lydia trug ihre Haare mit so zwei Kugeln an der Seite. So wie Prinzessin Leia in Episode IV. Das fand Papa bestimmt gut. Er mochte *Star Wars*. Früher hatte er es jedenfalls gemocht, vor allem die alten Filme.

„So, ich habe mit deinem Vater gesprochen", sagte Lydia und erzählte, während Papa durchgehend nickte, vom „Plan".

Die ersten beiden Teile des Plans fand ich super.

Erstens: Papa sollte wieder beginnen zu trainieren. Jeden Tag eine halbe Stunde. Dann eine ganze Stunde. Obwohl er das ja gar nicht nötig habe, sagte Lydia und lachte.

„O doch!", sagte Papa. „Ich bin schon ziemlich eingerostet und schnell aus der Puste."

Den zweiten Teil des Plans fand ich *noch* besser. Papa sollte sich jeden Tag zweimal an den Schreibtisch setzen und jeweils anderthalb Stunden an einem neuen Buch arbeiten. Sich entweder etwas Neues ausdenken oder eine Fortsetzung des Kinderbuchs schreiben, was er damals ja eh vorgehabt hatte.

Dann kam der dritte Teil: Er sollte sich eine neue Arbeit suchen.

„Aber wer beschützt dann die Fr...",

Ich sprach nicht weiter. Denn Papa wollte ja nicht, dass irgendwer Bescheid wusste.

„Lydia weiß, wo ich arbeite", sagte Papa.

Wow. Schaffte Lydia es durch ihre liebe Art und ihr blumenhaftes Aussehen eigentlich immer, die Leute dazu zu bringen, ihr alles zu erzählen? Bei mir hatte das ja auch geklappt.

Lydia lächelte ihr Lydia-Lächeln. Das war so ein Lächeln, das aussah, als würde sie sich riesig darüber freuen, dass man etwas total Richtiges gesagt oder eine kluge Frage gestellt hat. (Herr Saß ballte in solchen Momenten immer eine Faust und schrie: „Yeah!" Oder er war ganz verdattert wie gerade im Klassenrat.)

„Das ist toll, dass du so denkst", sagte Lydia und schien zu überlegen, was sie nun sagen sollte.

Aber das übernahm Papa für sie.

„Weißt du, so spannend ist die Arbeit nicht. Oft passiert fünf Nächte in Folge nichts. Ich glaube, dass ich mir den Job genau deshalb damals ausgesucht habe. Einen Job, bei dem ich viel allein war und man mich in Ruhe ließ. Das ist dann leider ziemlich schiefgegangen. Denn meistens saß ich da in meinem Zimmerchen und dachte immer wieder daran, dass ich es war, der Mama auf die Autobahn geschickt hatte. Tja, und irgendwann habe ich dann zu trinken begonnen und nicht gemerkt, dass es immer mehr wurde. Deshalb muss ich da weg."

Ich nickte. Das leuchtete mir ein. Wenn ich früher nicht hatte schlafen können, hatte ich auch immer an den Unfall gedacht. Daran, dass auch ich Mama gebeten hatte, die Autobahn zu nehmen. In den letzten Jahren und vor allem in den zurückliegenden Wochen hatte ich allerdings noch häufiger an Papas komisches Verhalten denken müssen.

Nachmittags setzte Papa sich tatsächlich an den Schreibtisch, während ich Hausaufgaben machte. Weil das nun wirklich öde war, freute ich mich ganz besonders über Anessas Nachricht:

Wie war es bei Lydia?

Gut. Wir haben einen Plan 😊*.*

Freut mich. Hast du Lust auf Fahrrad?

Das hatte ich! Ich sagte Papa Bescheid, und er gab mir fünf Euro. Davon sollte ich Anessa zum Eis einladen. Das war allein deshalb eine super Idee, weil wir uns eh beim Eiswagen treffen wollten. Der stand immer auf der Trasse, sobald es wärmer als fünf Grad und kein Dauerregen angekündigt war. Und da es bestimmt zwölf Grad waren und die Sonne schien, würde ich wohl zum ersten Mal in meinem Leben ein Mädchen zum Eis einladen. Ich konnte mir nicht helfen, aber ich fand das wahnsinnig aufregend.

Als Anessa mich am Eiswagen stehen sah, klingelte sie zur Begrüßung. Dann kaufte ich ein Spaghettieis, das wir auf einer Bank sitzend aßen. Erst als wir zu den Rädern gingen, sah ich den Fußball auf ihrem Gepäckträger. Bis dahin hatte ich nur Anessa selbst angeschaut.

„Wir müssen ja trainieren", sagte sie.

Ich nickte. Noch nie hatte ich mich derart auf ein Training gefreut. Wir fuhren ein Stück und hielten an einer Wiese, auf der sonst niemand war. Zuerst versuchten wir uns den Ball zuzuschießen, was ziemlich lustig war. Anessa konnte das, aber wenn ich schoss, musste sie immer zum Ball laufen. Ich war schon froh, wenn die Richtung stimmte. Dann versuchte sie, an mir vorbeizudribbeln, das wiederum schaffte sie nicht. Als sie es das fünfte Mal probierte, stolperte sie über mein Bein, hielt sich an mir fest, und gemeinsam fielen wir auf den Boden.

Wir lagen auf dem Rücken und beobachteten die Wolken, die der Herbstwind über den Himmel trieb. Zu den Wolken dachten wir uns abwechselnd Geschichten aus und irgendwann begann ich, ihr Fragen zu stellen, auf die sie immer lachend antwortete. Endlich wusste ich, dass sie sich meistens nicht an ihre Träume erinnerte, wenn sie aufwachte. Und dass sie gern bei Regen Rad fuhr, aber nur, wenn sie auf dem Weg nach Hause war und anschließend sofort in die Badewanne konnte. Und dass sie gern Nutella aß, aber dass sie sich nun wirklich nicht vorstellen konnte, Nutella auf eine Schicht Butter zu schmieren. Und dass ihre Eltern schrecklich schimpften, wenn sie mit einer schlechten Note nach Hause kam, und sie dann immer von ihrem Opa getröstet wurde. Und manchmal hatte sie Lust, einfach mal ganz laut zu schreien.

Erst, als ich wieder auf dem Fahrrad saß, merkte ich, wie durchgefroren ich war.

„Kommst du noch mit zu mir?", fragte ich.

„Heute leider nicht", sagte sie.

„Haben dir etwa meine Spaghetti nicht geschmeckt?"

Sie lachte.

„Doch, aber heute Abend muss ich auf meine Brüder aufpassen. Mama und Papa haben Schicht und Opa ein Skatturnier."

„Skat?"

„Das ist so ein Kartenspiel. Kann ich auch. Hat Opa mir beigebracht. Geht aber nur zu dritt."

Dann lächelte sie mir zu, und weg war sie. Auf dem Weg nach Hause fragte ich mich, warum ich in Anessas Nähe immer so ein komisches Gefühl im Magen hatte. War ich etwa verliebt??? Nein, das konnte ich mir nun wirklich nicht vorstellen. Aber fest stand: Ich hatte kein einziges Mal an die Schlägerei oder an das Gespräch bei Lydia oder an Papa gedacht. An Papa dachte ich dann allerdings sofort, als ich die Wohnung betrat. Denn er war nicht da! Immerhin hatte er einen Zettel auf den Küchentisch gelegt:

Bin schon los. Muss noch zur Apotheke.
Gehe dann direkt zur Arbeit.

Ich las den Zettel bestimmt zwanzigmal. Zur Apotheke? Wirklich? Gut, seine Hände zitterten manchmal, und er fasste sich ständig an den Kopf und kniff dabei manchmal die Augen zu. Seine Kopfschmerzen schienen wirklich fürchterlich zu sein. Es war also gut möglich, dass er sich tatsächlich Medikamente besorgte. Aber was machte er anschließend? Wenn er von der Wohnung aus zur Arbeit ging, dann ging er nie vor acht los. Stellte er sich dann allein an irgendeine Bude und bestellte eine Currywurst? Und sah, dass man sich auch ein Bier dazu bestellen konnte? Und was würde nach dem ersten Bier geschehen? Bitte, dachte ich, bitte Papa! Bitte trink nicht!

***

Es gibt ja diesen Roman, der Die unendliche Geschichte heißt. In dem Roman geht es um einen Jungen, der ein Buch liest und selbst Teil der Geschichte wird, die im Buch erzählt wird. Plötzlich befindet sich der Junge in einem Phantasieland, das Fantasia heißt und erlebt dort Abenteuer. Er wird quasi vom Buch aufgesaugt. Ein Buch über jemanden, der ein Buch liest. Eigentlich eine verrückte Idee.

Von welchem Buch würde ich gern verschluckt werden, wenn ich die Wahl hätte? Von Der Herr der Ringe? Und wenn ja, würde ich dann lieber mit den Hobbits oder lieber mit Aragorn, Legolas und Gimli unterwegs sein? Ich glaube, lieber mit Aragorn und seinen beiden Gefährten. Er würde mir dann beibringen, wie man mit einem Schwert kämpft, von Legolas würde ich lernen, mit Pfeil und Bogen umzugehen, und Gimli würde mir zeigen, wie man mit einer Axt so viele Orks wie möglich erledigt.

Oder würde ich gern mit Harry, Ron und Hermine Voldemort jagen oder vor ihm fliehen? Ja, das wäre auch toll. Am aufregendsten wäre es aber vermutlich, an einer echten Partie Quidditch teilzunehmen. Na ja, oder überhaupt ein bisschen zaubern zu können.

Wenn es möglich wäre, Teil einer Filmhandlung zu sein, fiele mir die Entscheidung leicht: Ich würde mit Han Solo und Chewbacca mit dem Falken durchs Weltall rasen! Allerdings wäre es auch gar nicht so übel, ein Jedi-Ritter zu sein und Gegenstände bewegen zu können. Das ist ja quasi so, als wäre deine Hand eine Fernbedienung.

Aber all das geht ja nicht. Trotzdem schaue ich genau deshalb gern Filme und lese so viel: Plötzlich hat man zumindest das Gefühl, Teil einer Geschichte zu sein. Und dieses Gefühl ist einfach der reine Wahnsinn. Das fühlt sich ein bisschen an wie Zauberei.

11

Am Abend vor dem Fußballturnier saßen Papa und ich am Küchentisch und aßen Spaghetti. Ich beobachtete ihn. Seine Hände zitterten nicht mehr, aber er schien Schmerzen zu haben. Denn er fasste sich viel häufiger an den Kopf als an den Tagen zuvor.

Eigentlich war das gemein: Er trank nichts, trotzdem ging es ihm dreckig! Und dass er wirklich nichts getrunken hatte, stand für mich fest. Denn es hatte in der Wohnung plötzlich nicht mehr nach Pfefferminzbonbons gerochen. Der Pfefferminzgeruch würde für mich in Zukunft wie eine Alarmglocke sein: Sollte es danach riechen, wüsste ich, dass er getrunken hatte. Da wir darüber nie gesprochen hatten, ging ich davon aus, dass er bei einem Rückfall wieder fleißig Bonbons lutschen würde. So, wie er es jahrelang getan hatte.

„Wann fängst du eigentlich wieder mit dem Training an?", fragte ich.

Dabei dachte ich mir nichts Böses. Schließlich war das ja Teil des Plans. Und außerdem hatte ich gehofft, ihn so ablenken zu können. Leider war das Gegenteil der Fall. Meine Frage schien seine Schmerzen zu verschlimmern. Sein

Gesicht verzerrte sich, als hätte er einen unerwarteten Schlag in die Magengrube bekommen.

„Du, das ist alles nicht so einfach für mich", sagte er mit gereizter Stimme

Ich zuckte zusammen, weil mir dieser Tonfall vollkommen unbekannt war. Ich sagte, und wahrscheinlich klang auch meine Stimme ziemlich gereizt:

„Oh, das tut mir leid, dass …"

Er unterbrach mich.

„So war das nicht gemeint."

Dann seufzte er und starrte wie Anessa eine Weile an die Decke. Ich ließ ihn starren und wartete. Schließlich nickte er. Es war so, als hätte er überlegt, wie er mir etwas besonders Kompliziertes erklären könnte und als sei ihm nun etwas eingefallen.

„Weißt du, es braucht seine Zeit. Mein Körper war es gewohnt, jeden Tag eine gewisse Menge Alkohol zu bekommen, und irgendwann funktionierte er nur noch mit Alkohol. Bis, nun ja, ganz plötzlich gar nichts mehr funktionierte und ich trotzdem das Gefühl hatte, jeden Tag was trinken zu müssen. Seit einigen Tagen habe ich aber keinen einzigen Tropfen getrunken. Und, ich meine, es nützt ja nichts, wenn ich dir jetzt irgendein Märchen erzähle: Es ist nicht so, dass es mir gerade gut geht. Ein Kampf im Taekwondo ist jedenfalls nichts gegen diesen Kampf. Es ist verrückt. Aber ich muss tatsächlich kämpfen, um etwas *nicht* zu tun."

Er schwieg. Und ich schwieg mit ihm. Was hätte ich auch sagen sollen. Ich konnte ihm ja nicht irgendwelche Tipps geben. Und ich konnte mir beim besten Willen nicht vorstellen, wie sich so etwas anfühlte: Man weiß, dass es einem schadet, wenn man trinkt, und trotzdem hat man den Eindruck, es tun zu *müssen*?

„Es tut mir leid, wir sollten nicht über mich sprechen, sondern über dich. Ich …", sagte Papa.

„Alles okay. Wenn ich mal krank bin, sprechen wir wieder mehr über mich."

Papa lachte und sah aus, als hätte er gerade tatsächlich seine Kopfschmerzen vergessen.

„Wie kamen wir eigentlich darauf?", fragte er.

„Ich hatte nach Taekwondo gefragt."

„Stimmt. Irgendwann werde ich mit dem Training beginnen. Versprochen. Nicht morgen und nicht übermorgen, aber auch nicht erst in drei Monaten, okay?"

Ich nickte.

„Wollen wir …"

Ich sprach nicht weiter.

„Was wollen wir?"

„Ach nichts."

„Was wollen wir?"

Ich schaute an die leere Wand. Das tat ich, weil die leere Wand etwas mit meiner Idee zu tun hatte.

„Wollen wir uns nicht einfach einen Kalender ausdrucken und eintragen, wann du, egal was passiert, das erste Mal trainierst. Muss ja nicht lang sein."

Anstatt zu antworten, stand Papa auf und ging ins Arbeitszimmer. Ich verstand einen kurzen Augenblick lang die Welt nicht mehr. War die Idee wirklich derart abwegig gewesen? Aber bevor ich begann, mir Vorwürfe zu machen, kam er auch schon mit drei ausgedruckten DIN A4-Zetteln zurück, die er an der Wand befestigte. Bei den ausgedruckten Zetteln handelte es sich um Kalenderblätter für die Monate Oktober, November und Dezember. Er trug die Herbstferien ein, die in zwei Wochen beginnen würden, und am ersten Tag der Herbstferien wollte er das erste Mal trainieren.

„Und was ist mit dem September?"

„Heute ist der 30. September, du Scherzkeks. Und heute ist mein letzter Arbeitstag."

Scherzkeks. Das war jetzt nichts, was man noch sagte, fand ich. Aber irgendwie zeigte es mir, dass Papa wieder mit mir zu reden begann wie früher.

„Und du wolltest auch mit einem neuen Buch …"

„Das habe ich schon. Ich habe eine Idee und auch schon Notizen gemacht. Ziemlich viele Notizen sogar. Ich schaffe es zwar nicht, jeden Tag zweimal konzentriert zu arbeiten, aber eine Einheit bekomme ich hin. Und wenn man anderthalb Stunden schreibt, dann kommt schon nach wenigen Tagen einiges zusammen."

„Und worum geht es? Wird es ein zweiter Band?"

„Nein, kein zweiter Band, und worum es geht, erzähle ich später, okay?"

Ich nickte.

„So, gleich muss ich los. Und dann habe ich mehr Zeit für dich. Denn ich werde bestimmt nicht wieder einen Nachtjob annehmen."

Ich nickte und lächelte. Einen Augenblick später lag ich gut gelaunt im Bett, zockte, las Nachrichten und die ersten Seiten von *Tribute von Panem*, und noch während ich mich fragte, ob ich endlich mal wieder gut einschlafen würde, döste ich weg.

Doch was war das? Mein Handy summte mitten in der Nacht. Irgendwer hatte mir eine Nachricht geschickt.

„Oh, es ist ja schon sechs!", murmelte ich, als ich aufs Handy guckte.

Papa hatte geschrieben:

Max, ich muss ein bisschen länger bleiben. Abschied.
Aber Fußballturnier schaffe ich. Versprochen!

Ich atmete langsam ein und aus. Obwohl er mir Bescheid gesagt und versprochen hatte, zum Fußballturnier zu kommen, wurde mir von einer Sekunde auf die andere übel. Denn ich fragte mich: „Feiert" man nicht auch seinen Abschied? Und trinken Erwachsene nicht, wenn sie feiern? Noch schlimmer als diese Fragen war folgende:

Spielt er mir doch wieder etwas vor? Hat er vielleicht gar nicht aufgehört zu trinken?

Inzwischen war mir nicht nur übel, sondern mein Herz raste. Und das war auch logisch. Denn ich war aufgeregt und hatte gleichzeitig Angst. Ohne dass ich einen Plan gefasst hätte, stand ich auf und ging direkt in Papas Arbeitszimmer. Wonach ich suchte, wusste ich selbst nicht so genau, aber wahrscheinlich nach verstecktem Alkohol. Ich suchte also nach etwas, was ich eigentlich nicht finden wollte. Ich wühlte in seinem Kleiderschrank herum, der noch immer so unaufgeräumt war, dass er es wahrscheinlich nicht merken würde. Nichts. In den Schreibtischschubladen Zettel und Stifte, auf dem Schreibtisch ebenfalls Zettel und Stifte. Ich suchte auch im Wohnzimmer und schaute einmal kurz in Lenas Zimmer. Das Praktische war, dass man an der Staubschicht auf den ersten Blick sah, dass hier keine Schränke oder Schubladen in den zurückliegenden Monaten aufgerissen worden waren. In der Küche hatte er bestimmt nichts versteckt. Dort kannte ich mich ja viel besser aus als er. Obwohl ich auch im Keller nichts fand, jedenfalls nichts mit Alkohol drin, fühlte ich mich traurig und leer. Irgendetwas stimmte nicht. Ich wusste nur nicht, was es war. Dann … fiel es mir ein. Ich sprang geradezu zurück ins Arbeitszimmer und riss die Schubladen seines Schreibtischs auf. Ich schaute mir jeden einzelnen Zettel von beiden Seiten an. Ich blätterte auch einen zwei Jahre alten Kalender und ein älteres Notizbuch durch.

Dann begannen Tränen meine Wangen herunterzulaufen. Tränen der Enttäuschung. Denn Papa hatte mich angelogen. Er arbeitete nicht an irgendeinem Roman: Es gab keine Notizen. Nirgendwo. Und er hatte Notizen immer mit dem Bleistift notiert. Deshalb konnte ich mir nicht vorstellen, dass er ausgerechnet jetzt alles direkt am Computer geschrieben hatte.

Während ich mich auf den Weg zum Sportplatz machte, hoffte ich trotz meiner Enttäuschung, dass Papa zum Turnier kommen, uns mit seiner lauten Stimme anfeuern und am Spielfeldrand mit Herrn Saß oder irgendwelchen Eltern herumalbern würde.

Doch als das erste Spiel angepfiffen wurde, war er nicht da.

Aus unserer Klasse spielten Inci, Bülent, Anessa und ich in der ersten Mannschaft, was vor allem Adrian gar nicht passte. Der fand das gemein und ungerecht. Als es losging, feuerte er uns aber trotzdem an.

Obwohl Papa nicht zuschaute, konnte ich mich im ersten Spiel noch gut konzentrieren. Vielleicht war er ja schon unterwegs und würde es zu den letzten beiden Gruppenspielen schaffen. Lange Zeit stand es 0:0, auch weil an mir niemand vorbeikam. Vorn passten Vincent und Murat sich die Bälle zu, und selbst als Inci einmal zu Anessa spielte, nahm Vincent ihr den Ball quasi ab und spielte ihn weiter zu Murat. Allerdings schossen sie dann immer vorbei oder der Torwart hielt. Schließlich wechselte der Sportlehrer Vincent aus, der das gar nicht verstand und sich beleidigt mit dem Rücken zum Spielfeld stellte und sofort von Frau Wagner angelabert wurde. Wenn Papa da gewesen wäre, hätte ich das wahrscheinlich ziemlich lustig gefunden. Aber ohne Papa fand ich gar nichts lustig. Als Adrian zum ersten Mal im Ballbesitz war, passte er den Ball zu Anessa, die unge-deckt im Strafraum stand. Sie nahm den Ball an und … schoss ihn ins Tor. Murat sah aus wie ein kleines Kind, das zum ersten Mal im Zirkus ist und den Hochseilakrobaten zuschaut. Er schüttelte ungläubig den Kopf und passte den Ball anschließend ebenfalls zu Anessa. Und schon stand es 2:0, und so endete das Spiel. Während die anderen nach dem Spiel diskutierten und Vincent versprach, im nächsten Spiel auch mal zu Anessa zu spielen, suchte ich Papa. Aber er war nicht da. Ich warf Herrn Saß einen Blick zu. Er ver-stand mich und ließ mich Papa anrufen. Er nahm nicht ab. Also schickte ich ihm eine Nachricht.

Wo bist du?????

Zweites Spiel. Ich schaute nur zum Spielfeldrand und suchte nach Papa. Bülent musste zweimal halten, weil ich nicht aufgepasst hatte. Ausgewechselt wurde ich aber erst nach dem 1:0 für die andere Mannschaft. Jetzt durfte Mathilda ran.

„Vincent! Wenn du nicht endlich abspielst, dann wechsele ich dich wieder aus!", schrie unser Sportlehrer.

Bis zu dieser Minute hatte Vincent noch kein einziges Mal zu Anessa gespielt, sondern Incis Bälle entgegengenommen und es allein versucht.

„Ist ja schon gut!", brüllte er über den ganzen Platz und passte zu Anessa.

Und was machte sie? Sie stand mit dem Rücken zum Tor, stoppte den Ball, drehte sich um die eigene Achse … und traf. Neben Herrn Saß stand ein Lehrer einer anderen Schule.

„Die ist ja wie Gerd Müller", sagte er, und gemeinsam lachten sie.

Keine Ahnung, wer dieser Gerd Müller war. Aber wahrscheinlich ein Spieler, der die Bälle auch einfach immer ins Tor schoss. Das Siegtor erzielte dann aber Vincent mit seinem achten oder neunten Versuch, und so gewannen wir auch das zweite Spiel.

„Wie machst du das?", fragte er Anessa in der Pause.

„Was?", fragte sie.

„Na ja, du triffst immer."

„Ach so. Ich gucke halt, wo der Torwart steht, und dann schieße ich dorthin, wo es für ihn am weitesten weg ist."

„Na dann", sagte Vincent, während der Sportlehrer lachte.

„Max, willst du wieder …"

Ich schüttelte den Kopf. Ich wollte nicht mehr spielen. Außerdem hatte Mathilda ihre Sache gut gemacht. Und auch im dritten und letzten Gruppenspiel warf sie sich immer in die heranstürmenden Gegner, bis sie einmal heftig umgerannt wurde und sich beim Fallen überschlug. Das sah übel aus. Der Sportlehrer rannte sofort aufs Spielfeld und natürlich stand Inci schon bei ihr und keifte den verantwortlichen Jungen an, der fast zu heulen anfing. Aber Mathilda stand einfach auf und schickte den Sportlehrer zurück. Wir gewannen 3:0. Zweimal Anessa, einmal Noah bei seinem ersten Einsatz.

Viertelfinale. Einmal traf Anessa und einmal Vincent, der einen Elfmeter verwandelt hatte. Halbfinale. Der Sportlehrer der anderen Klasse zeigte immer wieder auf Anessa und forderte zwei Jungs, die einen Kopf größer waren als sie, auf, sie zu decken. Kurz vor Ende des Spiels machte sie plötzlich zwei Schritte nach hinten, dann drei Schritte nach vorn und stand eine Sekunde lang frei. Inci passte zu ihr, und als der dritte Junge zu Anessa sprang, passte sie auf den freistehenden Vincent, der traf und ihr anschließend eine Kusshand zuwarf. Das passte mir überhaupt nicht, aber gerade passte mir sowieso nichts.

„Max, du kannst nach Hause gehen", sagte Herr Saß.

Ich schüttelte den Kopf und schaute zu, wie wir das Finale trotz Anessas Tor 2:1 verloren. Als die geschlagene Mannschaft vom Spielfeldrand kroch – Vincent und Mathilda heulten –, applaudierten wir. Der Sportlehrer, Frau Wagner und Herr Saß am lautesten. Und wahrscheinlich applaudierten sie noch immer, als ich schon auf dem Rad saß und in Rekordzeit nach Hause fuhr. Hektisch und ängstlich öffnete ich erst die Haus- und dann die Wohnungstür.

Als mir der Geruch von Pfefferminzbonbons in die Nase wehte, sackte ich zusammen. Es war, als wäre ich eine aufblasbare Puppe, aus der man die Luft herausgelassen hatte.

***

Ich mag die Berge. Einmal waren wir in den Alpen. Dort sind wir gewandert und mit einer Seilbahn auf die Zugspitze gefahren, wo auch im Sommer Schnee lag! Es war ein herrlicher Tag mit knallblauem Himmel, und sofort verstand ich, warum die

Griechen geglaubt haben, dass ihre Götter auf einem Berg wohnen. Denn wenn man sich im Kreis drehte, sah man nichts anderes als Gipfel, die spitz in den Himmel ragten und von denen ein Gott bequem hätte herunterschauen können.

Noch mehr mag ich Wälder. Einmal waren wir im Sauerland und sind dort auch gewandert. Das war im Herbst, und im Gegensatz zu den grauen kahlen Gipfeln war der Herbstwald bunt. Als wenn ein Riese einen Tuschkasten ausgeschüttet hätte. Im Wald bist du ständig auf der Suche. Nach Beeren. Nach Pilzen. (Jedes Mal, wenn ich einen Fliegenpilz entdeckt hatte, lachte ich.) Nach Vögeln – wie herrlich ist es, einen Specht zu beobachten? Nach Rehen, und einmal haben wir sogar einen Hirsch mit einem Riesengeweih gesehen.

Aber das Meer, das mag ich nicht nur, das liebe ich. Vor allem die Nordsee, weil sie sich wie von Zauberhand geführt zurückzieht und dann wieder heranschiebt. Auf Föhr sind wir bei Ebbe durchs Watt marschiert oder haben an den Dampferbrücken nach Krebsen gesucht. Bei Flut haben wir Sandburgen gebaut, die später weggespült worden sind. An Tagen, an denen es stürmisch war, ging Papa mit uns gemeinsam ins Wasser. An der einen Hand Lena und an der anderen mich. Wenn eine Welle kam, rief er immer „In Deckung", und wir jauchzten. Und wenn wir genug *hatten, liefen wir zurück zum Strandkorb, wo Mama mit großen Handtüchern auf uns wartete und uns abrubbelte.*

12

Nachdem ich mich wieder aufgerappelt hatte, ging ich ins Bad, wo mir als Erstes der heruntergeklappte Klodeckel auffiel. Und als Zweites der Geruch nach Putzmittel. Ich atmete langsam ein und aus und merkte, wie meine Augen sich mit Tränen füllten. Ich presste die Augenlider fest aufeinander, und tatsächlich gelang es mir so zu verhindern, dass ich richtig zu heulen begann. Das wollte ich nicht, obwohl mich eh niemand gesehen hätte.

Papa war nicht so betrunken gewesen, dass er gestürzt und in seiner Kotze liegen geblieben wäre. Aber er hatte getrunken! Ging es schon jetzt wieder los? Hatte er es also nicht mal eine Woche ohne Alkohol geschafft? Ich setzte mich aufs Klo und stützte meine Ellenbogen auf die Knie und meinen Kopf auf meine Hände, und so saß ich da. Vielleicht zehn Minuten, vielleicht war es auch eine halbe Stunde. Dann raffte ich mich auf und öffnete ohne anzuklopfen die Tür zum Arbeitszimmer, wo er in seinen Straßenklamotten mitsamt Schuhen auf seiner Matratze ausgestreckt auf dem Bauch lag. Als wäre er wie ein Baum umgefallen und hätte sich anschließend nicht mehr gerührt.

Zum ersten Mal überhaupt ließ ich ihn nicht schlafen. Ich rüttelte ihn an der Schulter, und nach wenigen Sekunden öffnete er die Augen. Er sah mich an … und drehte sich von mir weg.

„Lass mich."

Wieder rüttelte ich ihn.

„Nein, ich lass dich nicht", sagte ich.

Er schlug meine Hand weg. Das hatte er noch nie getan. Nicht mal, als ich im Regen stehend auf ihn eingetrommelt hatte.

„Schlägst du mich jetzt?", fragte ich und wusste nicht, ob meine Stimme eher enttäuscht, verzweifelt oder einfach nur wütend klang.

Nun rüttelte ich nicht mehr nur, ich riss an seiner Kleidung, die er nicht mal gewechselt hatte. Er drehte sich wieder zu mir und schaute mich aus seinen glasigen Augen an. Dann schüttelte er langsam den Kopf und murmelte:

„Nein, tut mir leid … ich bin nur sehr müde."

„Du warst nicht beim Fußballturnier."

„Ich weiß, ich …"

„Du hattest es versprochen!"

„Auch das weiß ich, und …"

Er hörte auf zu sprechen. Ich wusste nicht, ob es daran lag, dass ihm das Sprechen schwerfiel oder daran, dass er nicht wusste, was er sagen sollte.

„Und was? Du hattest es versprochen", wiederholte ich.

Er sah mich mit leerem Blick an.

„Du – hattest – es – versprochen", sagte ich zum dritten Mal.

Ich konnte nicht mehr und spürte, dass ich wieder weinen musste.

„Hey, warte", sagte er.

Ich hatte keine Ahnung, worauf, aber ich wartete. Er richtete sich auf und warf einen Blick auf seine Schuhe. Dann schüttelte er den Kopf und sah aus, als würde er sich über sich selbst ärgern. Er zog die Schuhe aus, seufzte und sagte in einem Tonfall, der so vertraut klang, dass ich sofort wieder zu weinen aufhörte:

„Setz dich zu mir."

Und das tat ich. Eine Weile schwiegen wir und schauten uns dabei an. Das war seltsam, weil es ein wenig war wie dieses Spiel: „Wer muss als Erstes lachen?" Wir hätten beide gewonnen beziehungsweise ewig da gesessen, denn ihm war gewiss ebenso wenig zum Lachen zumute wie mir. Nach einigen Minuten sagte er:

„Wir haben heute Morgen meinen Abschied gefeiert, und die Frauen wollten nach all den Jahren mit mir anstoßen. Eine der Frauen hatte extra Champagner besorgt ..."

Ich unterbrach ihn sofort:

„... und kaum hattest du aufgehört zu trinken, konntest du dann nicht nein sagen?"

Papa seufzte wieder.

„Ja, ich fürchte, dass es genau so war. Ich wollte nicht, aber dann war es stärker als ich. Ich nahm das erste Glas, guckte es an, wusste, dass ich es unter keinen Umständen trinken sollte, und trank es trotzdem in einem Zug. Es war plötzlich eher so, als hätte ich Angst, diese Chance verstreichen zu lassen."

Und schon wieder seufzte er.

„Und wenn man eh ein Problem mit Alkohol hat, dann darf man eben genau das nicht tun. Man sollte dann keinen einzigen Tropfen trinken, denn dann will man sofort mehr ... ich ... ich ..."

„Was?", fragte ich und klang vermutlich nicht mehr traurig, verzweifelt oder wütend, sondern ungeduldig.

„Ich ... du bist dreizehn ..."

„Das weiß ich."

„Und mein Sohn."

„Auch das weiß ich."

„Ich sollte darüber mit einem Arzt reden, aber nicht mit dir, mit dir sollte ich über Schule und über Taekwondo reden und …"

„Ja, aber da Mama und Lena nicht da sind, bleibt dir nun mal nichts anderes übrig, als mit mir darüber zu reden. Wie soll ich sonst helfen? Übrigens findet Anessa, dass ich eher wie ein Fünfzehnjähriger bin. Also stell dir doch einfach vor, ich wäre fünfzehn."

Papa sah mich an, und ein Lächeln huschte über sein Gesicht. Anschließend schaute er wieder traurig an die Decke. Wie ein Mensch, der sich abgrundtief schämt. Dann geschah etwas, was ich zum letzten Mal gesehen hatte, als Papa aufgehört hatte, mir Harry Potter vorzulesen. Und es schockierte mich dieses Mal nicht weniger als damals. Dieser riesige Mann, der es noch immer mit einer ganzen Bande Jugendlicher aufnehmen konnte, begann zu weinen. Und wenn ein zwei Meter großer Mann zu weinen beginnt, dann ist man etwas hilflos. Weil mir nichts Besseres einfiel, setzte ich mich direkt neben Papa und legte den Arm um ihn, und das war so ähnlich wie eine Woche zuvor, als wir im Regen standen.

Schließlich wischte er sich die Tränen weg und sagte:

„Ich habe dann ganz schnell das zweite Glas und auch das dritte und ich glaube sogar ein viertes hinterhergeschüttet und von einer auf die andere Sekunde wieder Angst bekommen. Dieses Mal vor mir selbst. Ich war derart enttäuscht von mir, dass ich einfach nur noch ins Bett wollte. Aber auf dem Weg habe ich an einer Tankstelle noch eine Flasche Wodka gekauft, die ich zum Glück nicht ausgetrunken habe, sonst hätte ich es wohl nicht mal mehr nach Hause geschafft. Aber ich hatte natürlich …"

Er stockte.

„Ich hatte viel zu viel getrunken. Und ich wollte auf keinen Fall, dass Herr Saß oder du oder wer auch immer riecht, dass ich was getrunken hatte. Und man hätte es nicht nur gerochen, sondern auch gemerkt und gehört."

„Aber du hättest mir schreiben können!"

„Das habe ich."

„Nein!"

„Doch."

Ich zeigte ihm mein Handy, und er zeigte mir seins mit einer Nachricht, neben der ein Ausrufezeichen zu sehen war mit dem Hinweis: „Senden fehlgeschlagen!" Die Nachricht lautete:

Max, mach dir bitte keine Sorgen.

Ich musste noch länger bleiben.

Zeig es deinen Gegnern!

Papa entschuldigte sich wieder und sagte, dass das noch nie passiert sei.

„Schon gut", sagte ich und klang wahrscheinlich nicht so, als würde ich mich wirklich freuen.

Doch das tat ich. Denn er hatte mir weder etwas verschwiegen noch mich angelogen.

„Und wie geht es jetzt weiter? Gehst du nachher wieder zur Tankstelle? Oder gehst du morgen zur Tankstelle?", fragte ich.

„Nein, aber wenn ich allein bin, dann brauche ich etwas, was mich davon abhält", sagte er mehr zu sich selbst als zu mir.

Wieder wurde mir bewusst, wie schwer es sein musste, vom Alkohol loszukommen.

„Du schaffst das!"

Und weil er nicht reagierte, fügte ich hinzu:

„Es ist auch mein Leben, das du kaputtmachst. Was kann *ich* denn tun, um dir zu helfen? Damit wir es gemeinsam schaffen?"

Er guckte mich an.

„Du schaffst das … ich schaffe das … ja … ich schaffe das", murmelte er, ohne den Blick von mir abzuwenden.

Dann machte er eine Pause und schien zu überlegen.

„Ja, genau … das könnte funktionieren."

Ich sah ihn ratlos an.

„Ich muss noch mal weg."

Jetzt sah ich ihn nicht nur ratlos, sondern ängstlich an.

„Nein, musst du nicht."

„Doch, ich habe eine Idee, vertrau mir bitte."

„Wie soll ich dir denn vertrauen?"

„Dann komm mit!"

„Okay, dann komme ich mit. Ich habe zwar keine Ahnung, wohin, aber ich komme mit."

Eine halbe Stunde später saßen wir – ich konnte es eine Zeitlang einfach nicht glauben – in einem Tattoo-Studio. Mein Vater ließ sich von einem glatzköpfigen Mann, der sogar Tattoos im Gesicht und auf seinem Hinterkopf hatte, in Großbuchstaben drei Wörter mit einem Ausrufezeichen auf den rechten Unterarm tätowieren:

ICH SCHAFFE DAS!

Ich war baff. Also das war so ungefähr das Letzte, womit ich gerechnet hatte.

„Was soll das denn?", fragte ich, kaum hatten wir das Tattoo-Studio verlassen.

„Na was meinst du?"

„Keine Ahnung."

„Meinen Unterarm werde ich mir ja nicht abhacken, und ab jetzt sehe ich jeden Tag diesen Spruch. Und dieser Spruch wird mich hoffentlich immer darin erinnern, dass ich mit der nächsten Dummheit vielleicht mehr zerstöre, als ich anschließend wieder reparieren kann."

Das klang schön, wie er das gesagt hatte, fand ich. Allerdings war Papa ja auch Schriftsteller. Aber war er das eigentlich wirklich? Kaum waren wir wieder zu Hause, fragte ich ihn noch im Flur:

„Also eine Sache muss ich noch wissen. Warum hast du mir nicht die Wahrheit gesagt?"

„Ich wollte nicht, dass du merkst, dass ich wieder getrunken …"

„Das meine ich nicht. Warum hast du gesagt, du würdest an einem neuen Buch arbeiten?"

„Aber das tue ich doch."

„Und wo sind dann deine Notizen."

Er schaute mich verdutzt an. Dann ging er ins Arbeitszimmer und kam mit seiner Umhängetasche zurück. Er holte ein Heft heraus und reichte es mir. Noch im Flur stehend begann ich, aufgeregt darin zu blättern. So wie die meisten Schüler, wenn sie ihr Arbeitsheft zurückbekommen und die Seite suchen, auf der ihre Note steht. Dieses Heft war auch ein Arbeitsheft, und zwar Papas Arbeitsheft! Es war tatsächlich voll mit Notizen und Zeichnungen.

„Um nicht zu trinken oder an Mama und Lena zu denken, habe ich das Heft mit zur Arbeit genommen und ..."

„Alles klar!", sagte ich und lächelte, wahrscheinlich strahlte ich sogar, derart glücklich und erleichtert war ich.

Aber er war noch gar nicht fertig gewesen.

„... und eigentlich möchte ich das Buch mit dir gemeinsam schreiben, ich meine, wenn du Lust hast."

Ich gab irgendeinen komischen Laut von mir. Es war so ein Jauchzen, und so wie Papa mich anschaute, hatte er verstanden, dass das „Ja!!!!!!!!!!!!!!!!!!!!!!!!!" bedeutet hatte.

Einen Tag später setzten wir uns am Nachmittag ins vollkommen entstaubte Wohnzimmer, in dem wir uns seit Jahren nicht mehr gemeinsam aufgehalten hatten. Papa hatte Kekse besorgt und Tee zubereitet. Wir saßen am Wohnzimmertisch, und vor uns lagen jeweils ein Block und ein Stift.

Ich schaute mich um und kam aus dem Staunen nicht mehr heraus.

„Hast du geputzt?", fragte ich.

„Ja, ich habe geputzt. Und ich werde in den kommenden Jahren sehr viel putzen und einkaufen gehen, ich habe ja ein bisschen was nachzuholen. Sogar Lenas Zimmer habe ich sauber gemacht."

„Tat es sehr weh?", fragte ich.

Papa überlegte eine Weile. Dann schüttelte er den Kopf.

„Am Anfang ja, aber dann tat es plötzlich nicht mehr weh, sondern gut. Es war ja etwas, was ich jahrelang vor mir hergeschoben hatte. Das Lego liegt übrigens noch auf dem Boden, und davon habe ich den Staub nicht abbekommen, weil ich ja nicht den Staubsauger benutzen konnte."

Obwohl wir über Lena gesprochen hatten, lächelten wir beide. Vielleicht erinnerte Papa sich ja auch daran, wie sie mit ihren besten Freundinnen ein ganzes Wochenende damit hatte verbringen können, komplette Legolandschaften entstehen zu lassen.

„Und willst du wirklich …", sagte er schließlich.

„JA!", sagte ich so laut, dass es wahrscheinlich auch unsere Nachbarn gehört hatten.

Es gab vermutlich nichts, wozu ich mehr Lust hatte, als mit Papa ein Buch zu schreiben. Ich rechnete damit, dass wir „unsere" Geschichte erzählen wollten. Aber Papa hatte eine ganz andere Idee. Mit seinem begeisterten Papa-Lächeln begann er zu erzählen:

„Als ich so alt war wie du, da fing das erst mit den ersten Tasten-Handys an. Das Internet war etwas für Nerds. Und Google, YouTube, Facebook, WhatsApp und Instagram gab es noch lange nicht. Wie wäre es denn wohl, wenn ein Junge in deinem Alter in die Vergangenheit reist und dort plötzlich auf seinen gleichaltrigen Papa und dessen Freunde trifft?"

Wahrscheinlich leuchteten meine Augen, als ich sagte:

„Ja, und dann würde er sich die ganze Zeit über diese komische Welt Gedanken machen und ihm würden manchmal Sachen rausrutschen wie, das muss ich mal googeln oder so."

Papa lachte. Dann diskutierten wir und nach einer Weile hatte Papa mehrere Seiten mit weiteren Notizen vollgeschrieben, und auch ich hatte einige Ideen notiert.

„Okay, für heute reicht das. Morgen überlegen wir uns, aus welcher Perspektive wir erzählen wollen", sagte Papa.

„Vielleicht aus beiden?", schlug ich vor.

„Du meinst, ich schreibe aus der Sicht des Jungen, der 1992 so alt war wie du jetzt, und du bist der Junge aus dem 21. Jahrhundert? Also der Zeitreisende?"

Ich nickte.

„Ja, das könnte funktionieren."

Auch den Abend verbrachten wir gemeinsam im Wohnzimmer, wo wir *Zurück in die Zukunft* schauten. Einen Film aus dem Jahr 1985. In dem Film ging es um einen jungen Mann, der auf einer Zeitreise seine Eltern im Jahr 1955 kennenlernte. Der Film war ziemlich lustig, und oft mussten wir gemeinsam lachen. Die Idee war ähnlich wie unsere, aber doch ganz anders. Zum Beispiel wollten wir unseren Helden nicht mit einem Auto in die Vergangenheit schicken, sondern wenn überhaupt mit einem alten Fahrrad aus dem Jahr 1992, das der Junge im Keller findet. Und es sollte auch keinen verrückten Erfinder geben, sondern es würde vor allem darum gehen, wie Jugendliche ihren Alltag verbracht haben. Und der Vater, den unser Held kennenlernte, sollte kein Vollidiot sein, sondern es würde um eine echte Freundschaft gehen.

Als ich abends im Bett lag, war ich nicht unbedingt glücklich. Aber ich wusste, woher die Redensart kam, dass eine Last von einem abfiel, wenn man sich plötzlich weniger Sorgen machte. Ich fühlte mich irgendwie leicht. Ein bisschen, als würde ich im Bett liegen und gleichzeitig schweben. Woran es lag? Vermutlich daran, dass Papa ehrlich zu mir gewesen war. Und dass er bereit war, gegen seine Sucht zu kämpfen.

So richtig glücklich sollte ich aber erst am folgenden Morgen sein. Denn als ich aufwachte, hörte ich ein Geräusch, das ich eigentlich nur aus der Turnhalle kannte: Klack – Klack – Klack!

Jemand war im Garten, den alle benutzen durften und in den ich von meinem Zimmer aus gucken konnte. Dieser Jemand war Papa, der sein Training früher aufgenommen hatte als vorgesehen. Jetzt hörte das Klacken auf, denn das Springseil hatte sich verheddert. Papa schüttelte den Kopf, und einen Augenblick später ließ er das Lederseil wieder seine Runden drehen, und er sprang und sprang und wurde – das war jedenfalls mein Eindruck – mit jedem Sprung ein bisschen mehr zu meinem Papa.

***

Wenn ich wirklich eine Zeitreise machen könnte, wohin würde ich dann reisen? Vielleicht ins Mittelalter. Dann würde ich auf einer Burg leben und in den Wäldern jagen und in den Flüssen oder Seen fischen gehen und mich abends am Kaminfeuer wärmen. Und ich glaube, dass es wahnsinnig still war, wenn man nicht gerade in einer Stadt lebte. Heute kann man doch gar nicht so weit entfernt von irgendeiner Straße sein, dass man nichts hört. Aber im Winter stelle ich mir das Mittelalter-Leben sehr anstrengend vor. Was machte man denn in einem kalten Winter, wenn es ab vier Uhr dunkel wird? Also wenn ich ins Mittelalter reisen würde, dann nur im Frühling oder Sommer.

Dasselbe gilt für die Zeit, als die ersten Menschen auf die Neandertaler trafen. Was haben sie wohl konkret von diesen Wesen, die ihnen so ähnlich waren, gedacht? Ist man sich mit Respekt begegnet? Die einen waren kräftiger, die anderen dafür schlauer? Hatte man dafür ein Gefühl? Haben sie versucht, sich zu unterhalten? Ich habe mal gelesen, dass Menschen und Neandertaler gemeinsam Kinder bekommen haben, also haben sie manchmal sogar mehr gemacht, als nur versucht, sich zu unterhalten.

Als Papas Papa noch lebte, hat er manchmal von der Zeit nach dem Krieg erzählt, als Deutschland ein Trümmerhaufen war und man kaum etwas zu essen hatte. Ich glaube nicht, dass ich in diese Zeit reisen möchte.

Und in die Zukunft??? Auf jeden Fall! Wie sieht die Welt in 100 Jahren aus? Leben dann die ersten Menschen in einer Siedlung auf dem Mond? Oder gar auf dem Mars? Und wird es nicht

megaviele Hundertjährige geben, weil man bis dahin alle Krank-
heiten besiegt hat? Oder wird es irgendwann mal wieder so etwas
wie die Pest geben und die Menschheit komplett ausrotten? Dann
würde ich allein sein, wenn ich dort ankomme. Auch spannend.

13

„Max!"

Ich zuckte zusammen. Frau Schneider stand vor mir.

„Ich wusste es doch", sagte sie und legte die Arbeit auf meinen Tisch.

Eine glatte 3!

Ich lächelte kurz, dann las ich weiter. Im aufgeschlagenen Heft, in das ich die Berichtigung der Arbeit hätte schreiben sollen, lagen die ausgedruckten Seiten der ersten Kapitel unseres gemeinsamen Romans, die Papa und ich in den zurückliegenden zwei Monaten geschrieben hatten. Diese Arbeitsnachmittage waren zu unserem Ritual geworden, so wie die Radtouren mit Anessa auf der Trasse. Für viele der anderen waren wir ein Paar. Auch heute hatte wieder jemand ein Herz an die Wand gekritzelt mit unseren Anfangsbuchstaben drin. Kinderkram. Das waren wahrscheinlich Adrian und Noah gewesen, und wenn es so war, dann hatten sie es nicht böse gemeint. Denn die beiden meinten nie etwas böse. Ich selbst wusste nicht so genau, ob wir ein Paar waren. Ich meine, wir hatten uns ja noch nie geküsst oder so. Und so was macht man doch eigentlich, wenn man ein Paar ist.

„Max!"

Schon wieder. Dieses Mal war es Herr Saß. Ich hatte gar nicht gemerkt, dass die erste Stunde zu Ende war und die Fünfminutenpause begonnen hatte. Aus irgendeinem Grund kam er immer in der Fünfminutenpause vorbei, aber immer nur dann, wenn wir vorher Mathe bei Frau Schneider hatten. Eine komische Angewohnheit. Andere Lehrer machten so was nicht.

„Zeig mal", sagte er und nahm sich das Blatt, das oben lag.

Er überflog den Text und zeigte ihn Frau Schneider.

„Also sieht eher nicht so aus, als hätte er Mathe gemacht."

Sie lachte.

„Aber ganz ehrlich: Das hier ist doch auch schöner als Mathe."

Wieder lachte sie. Und dann schlug sie ihm mit der Faust auf den Oberarm. Aber mit dem Faustschlag hatte sie ihn eher gestreichelt. Herr Saß piekte sie daraufhin mit dem Zeigefinger in den Bauch, und sie kicherte. Was war los mit den beiden? Vielleicht freuten sie sich ja auf die in zwei Wochen beginnenden Weihnachtsferien. Jetzt schaute Herr Saß wieder auf den Text, und ohne seinen Blick vom Text abzuwenden, fragte er:

„Hast du das geschrieben?"

„Mein Vater und ich. Es wird ein Roman."

„Dir ist hoffentlich klar, dass ihr daraus in unserer Klasse vorlesen müsst, oder?"

Das war mir absolut nicht klar. Aber warum eigentlich nicht?

„Ich … frage Papa", sagte ich.

Dann begannen plötzlich die Weihnachtsferien! Die letzten Weihnachten waren traurig gewesen. Wir hatten nicht mal einen Baum gehabt, und als Geschenk hatte Papa mir immer einen Umschlag mit einem Geldschein drin in die Hand gedrückt. Vielleicht würde er das dieses Mal wieder tun, aber das war nicht nötig. Denn ich hatte ja *ihn* zurückbekommen. Und ein größeres Geschenk gab es nicht.

An jenem Dezembertag sagte er, als ich gerade zum letzten Training gehen wollte, bevor der Verein Weihnachtspause machte:

„Warte, ich hole noch meine Sachen!"

Und dann kam er mit, und Martin und Zeynep drückten ihn an sich und wirkten dabei, als würden sie ihn nie wieder loslassen wollen. Als wir uns aufstellen sollten, zeigte Martin sofort auf die erste Reihe und sagte zu Papa:

„Dort ist dein Platz."

Ich selbst konnte mich nicht aufs Training konzentrieren. Denn ich beobachtete die ganze Zeit Papa, und ich merkte, dass ich nicht der Einzige war, der ständig in Papas Richtung schaute. Er war noch nicht wieder der Alte, das war ja klar. Aber er schlug sich tapfer, und als er zum Tisch guckte, an dem wir vor fünfeinhalb Jahren zu viert gesessen hatten, nickte er einmal und trainierte dann weiter. Warum er das getan hatte, wusste ich nicht. Es hatte aber wie ein kurzer Gruß ausgesehen.

Als wir wieder zu Hause waren, unterhielten wir uns, während wir die von mir zubereitete Pasta aßen, über Taekwondo und über unser Buch.

„So, eine Sache müssen wir noch zu Ende bringen", sagte er, als wir fertig waren und das Geschirr in die von Papa reparierte Spülmaschine geräumt hatten.

Ich sah ihn erstaunt an.

„Geh schon mal ins Wohnzimmer und setz dich aufs Sofa."

„Okay", sagte ich, ohne zu wissen, was Papa geplant hatte.

Lange musste ich nicht auf ihn warten. Denn er hatte bloß ein Buch geholt. Ein dickes Buch! Ich lachte vor Glück auf, als ich sah, dass es sich um den siebten Harry-Potter-Band handelte. Gleichzeitig fragte ich mich, wann Papa mir eigentlich zum letzten Mal vorgelesen hatte. Ich wusste es nicht mehr. Was ich aber wusste war, dass anschließend der Albtraum begonnen hatte. Im Rückblick schien es mir jedenfalls so, als hätte er mit dem Saufen angefangen, als er aufgehört hatte, mir vorzulesen. Natürlich würde er mir in Zukunft nicht abends im Bett vorlesen, wie er es früher getan hatte. Aber jetzt tat er es, und er brachte damit tatsächlich etwas zu Ende, und für mich war es, als würde gleichzeitig etwas Neues beginnen.

Nachdem er die letzten Sätze gelesen hatte, blieben wir eine Weile auf dem Sofa sitzen. Ich dachte daran, wie schön es war, einen Papa zu haben. Und er dachte wahrscheinlich an Lena und Mama. Denn jetzt stand er auf und nahm das Tuch vom Foto.

Und gemeinsam lächelten wir Lena und Mama an.

***

Die schönsten Momente vor dem Unfall:
Alle Urlaube auf Föhr!

Und als Mama, Lena und ich in dem Buchladen bei Papas erster Lesung aus seinem Kinderbuch in der ersten Reihe saßen und er uns immer zugelächelt hat.

Und als die Lasagne im Ofen schwarz geworden war, weil wir beim Mensch-ärgere-dich-nicht die Zeit vergessen hatten. Sogar Mama musste lachen, und dann haben wir einfach Spaghetti mit Butter gegessen, und Mama hatte nicht mal gemeckert, obwohl das Gemüse fehlte.

Die schönsten Momente nach dem Unfall:

Im Rückblick der Moment, als wir im Regen standen.

Und der Moment, als Papa vorschlug, gemeinsam ein Buch zu schreiben.

Und die Nachmittage, an denen wir Tee getrunken und am Buch gearbeitet haben.

Und natürlich der Abend, als er wieder zum Training ging.

Und der allerschönste Moment: Als wir auf dem Sofa saßen und er mir die letzten dreißig Seiten von Harry Potter vorgelesen hat!

Epilog

Was anschließend geschah ...

Am ersten gemeinsamen Weihnachten – sogar einen kleinen Baum hatten wir gekauft und gemeinsam geschmückt –, das wir wieder als Vater und Sohn feierten, bereiteten wir gemeinsam eine Ente vor. Wir standen den halben Tag in der Küche, lasen abwechselnd aus dem Rezept und hatten wahnsinnig viel Spaß. Abends bekam ich dann wieder einen Umschlag. So wie in den Jahren zuvor, in denen wir aber nicht wirklich gefeiert hatten. Ich nickte und legte den Umschlag zur Seite.

„Nun mach schon auf."

Wieder nickte ich, obwohl ich noch immer nichts anderes als einen Schein erwartete. Es lag aber kein Geld drin, sondern ein Zugticket nach Wyk auf Föhr. Ich war vollkommen baff. Nicht, weil es wirklich ein Zugticket war, obwohl man das letzte Stück mit einer Fähre fuhr. Sondern weil ich damit nicht gerechnet hatte.

„Ich dachte, dass Föhr ein schöner Ort ist, um unseren Roman zu überarbeiten."

„Wie können wir uns das denn leisten?", fragte ich.

„Ich habe jahrelang sieben Nächte pro Woche gearbeitet, und Geld ausgegeben habe ich ja praktisch nur für …"

Er sprach nicht weiter.

„Ich weiß schon", sagte ich.

Die Tage bis zur Abfahrt vergingen ganz schnell, und dann waren wir auch schon auf Föhr. Papa hatte ein kleines Ferienhaus in der Nähe des Wyker Leuchtturms gemietet. Morgens nach dem Frühstück machten wir immer einen Spaziergang durchs Watt, über das sich an einigen Stellen eine hauchdünne Eisschicht gezogen hatte, die bei jedem Schritt knackte.

Föhr war im Winter genauso schön wie im Sommer. Bei Ebbe hatte man das Gefühl, auf einem anderen Planeten zu sein. Und es sah aus, als würde man zur nächsten Insel Amrum zu Fuß gehen können, und von einer bestimmten Stelle konnte man das auch. An einem Tag schneite es eine Stunde lang, und diese Stunde hatte ausgereicht, um das Watt in eine Schneelandschaft zu verwandeln, die dann von der Flut weggespült wurde. Einmal fuhren wir mit dem Bus ans andere Ende der Insel nach Uetersum und gingen am Strand zurück. Das dauerte einen halben Tag, und da kaum jemand unterwegs war, hatten wir den Eindruck, dass die Insel uns gehören würde. Während unserer Spaziergänge sprachen wir über die letzten Monate und immer wieder über Mama und Lena, und es war traurig, über die beiden zu sprechen, aber trotzdem tat es gut. Es war so, als würden wir sie auf diese Art und Weise für einen kurzen Moment zum Leben erwecken. Nachmittags arbeiteten wir bei Tee und Keksen am Buch. Wir lasen es mit verteilten Rollen und sprachen über einige Szenen, die wir noch nachbessern wollten.

„Und was machen wir jetzt mit dem Roman?", fragte ich, als wir endlich zufrieden waren.

„Ich spreche mit dem Verlag, der mein Kinderbuch her-ausgebracht hat. Und dann schauen wir mal."

Und das tat Papa auch. Aber der Verlag wollte nicht, und ich weiß nicht, wer enttäuschter war: Papa oder ich. Papa telefonierte dann sehr viel oder schrieb Emails, und am Ende erschien der Roman in einem, wie mein Papa sagte, „sehr kleinen Verlag". Mir war das vollkommen egal, denn es war ein so unbeschreibliches Wahnsinnsgefühl, das Buch mit meinem Namen drauf in der Hand zu halten.

Wie Herr Saß vorgeschlagen hatte, fand die erste Lesung in meiner Klasse statt. Dann lasen wir in der Aula vor dem gesamten Jahrgang und ein drittes Mal in einer

Buchhandlung, und auch dieses Mal kam fast meine ganze Klasse mitsamt Herrn Saß und sogar Frau Schneider.

Papa hatte leider in der Buchhandlung mit einigen Besuchern mit Sekt angestoßen, was ich erst gemerkt hatte, als es zu spät war. Es war, als hätte ihn der Alkohol von diesem Moment an wieder total im Griff. Binnen weniger Wochen wurde es derart schlimm, dass er sich in eine Entzugsklinik einweisen ließ. Natürlich brach eine Welt für mich zusammen. Aber irgendwie glaubte ich, dass Papa es wieder schaffen würde. Und an diesem Glauben hielt ich mich fest, und dabei half mir nicht nur Anessa – inzwischen waren wir ein Paar! –, sondern auch Adrians Eltern, die mir sofort das Gästezimmer angeboten hatten. Wahrscheinlich hatten sie nie vergessen, dass ich ihrem Sohn geholfen hatte und deshalb zur Strafe nach Hause geschickt worden war. Adrian und ich verstanden uns super. Er half mir bei Mathe und Bio, ich ihm bei Deutsch und Englisch, wir spielten gemeinsam irgendwelche Spiele am Computer oder Handy, ließen uns aber auch immer wieder in Ruhe.

Ich besuchte Papa so oft es ging, und er versprach jedes Mal, es zu schaffen und zeigte dabei mit einem manchmal müden, meistens aber aufmunternden Lächeln auf seine Tätowierung. Und ich hörte nicht auf, ihm zu glauben und versuchte, diese Sucht zu verstehen. Aber das gelang mir nicht. Es gab ja viele Menschen, die Alkohol tranken, und die meisten von ihnen endeten *nicht* als Alkoholiker. Aber wenn du es einmal gewesen bist, dann scheint es wirklich so zu sein, dass jedes Glas Wein oder Sekt dich wieder in die totale Abhängigkeit treiben kann. Und wenn selbst ein Mensch wie mein Papa sich gegen einen Rückfall nicht wehren konnte, wer sollte es dann schaffen?

Papa ging wahnsinnig offen mit seiner Krankheit um, und als er nach zwei Monaten aus der Klinik entlassen wurde, entschuldigte er sich bei Adrians Eltern, denen er zu keinem Zeitpunkt Märchen aufgetischt hatte. Er bot ihnen an, für die Monate zu zahlen, die ich bei Adrian gelebt hatte. Aber sie lachten nur.

„Im Notfall nehmen wir ihn gern wieder, aber vielleicht gibt es ja keinen weiteren Notfall", sagte Adrians Vater.

Und dann lebten wir wieder als Vater und Sohn zusammen. Papa ließ sich auf den anderen Unterarm ein neues Tattoo tätowieren. Dieses Mal waren es nur zwei Wörter, dafür mit drei Ausrufezeichen:

NIE WIEDER!!!

Meine Angst vor einem neuen Rückfall ließ mit jedem Tag, der verstrich, nach, ohne jemals ganz zu verschwinden.

„Wir sollten ein weiteres Buch schreiben. Und dieses Mal sollten wir *unsere* Geschichte erzählen", sagte mein Vater eines Tages.

„Also so eine Art Autobiografie?", fragte ich.

„Ja und nein, wir erzählen zwar von unserem Leben, aber es soll schon wie ein Roman klingen", sagte er.

Ich nickte, und schnell waren wir uns einig. Wir wollten ausschließlich aus der Sicht des Jungen schreiben, weshalb Papa nur die Ideen beisteuerte und meine Texte korrigierte und kommentierte. Die beste Idee war, fand ich, nach jedem Kapitel einen Ausschnitt aus meinen Tagebüchern anzuhängen. Einen Auszug, der zum Kapitel passte oder durch den man den Helden besser kennenlernen konnte. Und natürlich veränderten wir einige Namen, und Papa war es, der mit Eltern und Lehrern und mit Lydia sprach und fragte, ob es okay sei, wenn sie sich in dem Roman wiedererkennen würden. Niemand hatte etwas dagegen.

„Wollen wir das Buch jemandem widmen?", fragte ich, als ich fertig war.

„Die Frage ist, ob *du* es jemandem widmen möchtest."

„Es ist doch unser Buch."

„Nein, Max, es ist dein Buch. Du hast es geschrieben. Du allein."

Ich weinte nicht. Aber ich musste mich zusammenreißen.

„Ist es okay, wenn ich es nicht nur dir, sondern auch meiner Klasse widme."

Papa lachte.

„Es ist vollkommen okay, wenn du es *nur* deiner Klasse widmest."

Und genau das tat ich. Papa selbst hatte an einem Roman für Erwachsene gearbeitet. Das hatte ich gewusst. Was ich nicht gewusst hatte, war, dass er *seine* Geschichte aufgeschrieben hatte. Und das bedeutete, dass letztendlich beide Bücher zusammen *unsere* Geschichte waren.

Papa selbst widmete sein Buch Mama, Lena und mir.

Mein Roman kam zeitgleich mit Papas Roman heraus, als ich 17 war. In einer Doppellesung stellten wir ihn dieses Mal nicht nur an meiner Schule, sondern auch an anderen Schulen vor, wofür ich mich immer beurlauben lassen musste. (Was toll war. Denn diese Lesungen mit Papa waren aufregender als Mathe oder Englisch.)

Dass das Jahr, in dem ich siebzehn war, das schönste seit dem Unfall wurde, liegt aber nicht nur am Erscheinen unserer Bücher und an Papa selbst, dem es immer besser ging. Sondern auch daran, dass ich kurz vor meinem 18. Geburtstag – inzwischen war ich 1,88 m – an den deutschen Taekwondo-Meisterschaften, die zum ersten Mal in unserer Stadt ausgetragen wurden, im Schwergewicht teilnahm. Es kamen fast alle, die in meinem schlimmsten Jahr eine Rolle gespielt hatten. Inci, die Schulsprecherin war und Politikerin werden wollte, Aala, die das Abitur schaffen würde und im Mathe-LK die Beste war, Adrian und Noah, die immer noch ziemlich albern waren und nicht mehr wie 11, aber höchstens wie 14 aussahen, Lydia mit ihrem Freund, der genauso bunte Klamotten trug wie sie, und Herr Saß und Frau Schneider, die inzwischen auch Saß hieß, und sie kamen mit ihren Zwillingen. Papa selbst war als Kampfrichter eingesetzt. Nur Anessa kam nicht … sie schrieb mir aber viele Nachrichten. Sie war mit der Stadtauswahl auf einem Fußballturnier.

Ich verlor übrigens meinen zweiten Kampf. Und trotzdem hatte ich das Gefühl, gewonnen zu haben.

Arne Ulbricht

Arne Ulbricht (geb. 1972) ist in Kiel aufgewachsen. Nach seinem Lehramtsstudium hat er unter anderem in Hamburg, Berlin, Wuppertal, Nancy und Paris unterrichtet. Momentan arbeitet er an einer Brennpunktschule in Göteborg.

Von ihm sind bisher Sachbücher, Romane, Erzählungen und ein Kinderbuch erschienen. *Papa, hör auf!* ist sein erster Jugendroman.

Wenn er weder schreibt noch unterrichtet, trainiert er Taekwondo, liest Comics oder geht ins Kino.

Informationen über seine Bücher findet ihr auf seiner Homepage www.arne-ulbricht.de oder auf Facebook, Instagram und YouTube.